わたしのいけない世界

目次

装画　谷川千佳
装幀　野中深月

女の子は十二歳で、すでに女でした。

男の子は七歳で、人生に疲れていました。

「私、あなたを好きにしたいの」

女の子は男の子に言いました。


「僕のことが好きなの？」

男の子は女の子に言いました。


「わかんない。好きにしたいの」

女の子は自分でも意味がよくわからないまま、ただ口にしていました。

そこは田舎《いなか》の山間部でした。
古めかしい子供の遊びが似合う土地です。
そう、こんな歌詞を口ずさむのです。

「あの子がほしい」
「あの子じゃわからん」
「相談しましょ、そうしましょ」

けれど女の子は有無を言わさず、強引に男の子を宝箱に閉じ込めました。
男の子にとって、そこは狭くて薄暗い、たったひとつの世界になりました。

アルバローズの床

私は無職で、とても忙しい。うたたねから目覚めてすぐパソコンの電源を入れ、起動するまでにフローリングモップでリビングを掃除しながらスマートフォンの歩数計アプリをチェック、パソコンが立ち上がったらメールボックスに届いたアンケートを片っ端からやっつける。ルーティンを終えて〝宴《うたげ》〟を訪問すると、『昨日で四万八千歩を達成しました。ボーナスポイントまであと少しです』だの『開発中のガムを十分嚙《か》むアンケートで五百円分のクオカードをゲット』だの、ユーザーのコメント欄が昼夜を問わず更新されていく。

無職者限定サイト『無職の宴』、通称宴の利用者はほとんどが女性で、就職や副業情報よりも節約情報がまかり通っている。のっぴきならない事情で二ヶ月前から無職になってしまった私は、ネットサーフィンで見つけた宴で息を吹き返したといっていい。無職は暇というのが世間の通説だけれど、とんでもない。現に今は夜中の二時だが、私だけではなく宴の民はお小遣い稼《かせ》ぎに耽溺《たんでき》しているのだ。

十二畳もあるリビングに家具はなく、パソコンは床に直置《じか》きで、万年床は二つ折りにしている。五周歩いてだいたい合計四百十五歩。歩くだけでお金になるなんて、広い部屋も悪くない。宴に戻るとスワさんのコメントが上がっていた。

『×××という投資アプリは詐欺の危険性があります。親会社は△△△でじきに摘発されるでしょう。　スワ』

細々《こまごま》したよろこびの積み重ねでできている女性にとって、スワさんの提案はいつだってつかみどころがない。もちろん情報としては有益だけれど、堅苦しくて面白味に欠けるのだ。スワさんのアイコンはスワンボートのピクトグラムで、プロフィールは元ＩＴ企業勤務の一言、性別も年齢も公表していない。そのそっけなさから、私は男性だとふんでいた。スワはおそらく苗字《みょうじ》で、スワだからスワンボートという安直さも、場慣れしていない中年男性らしいダジャレのようだ。宴にたむろする女性達は無職といっても主婦が大半だろうから、スワさんはどこか浮いている。

『ありがとうございます。気をつけますね。　エマ』

とスワさんにイイネとコメントを返す。イイネもコメントも、スワさんとやりとりしているのは常に私だけだった。私も昨日の成績をコメント欄で報告した。

『フリマサイトでアロマオイルが三本売れました。それぞれ縁、愛、夢のブレンドオイルです。皆、縁や愛や夢がほしいんですね。　エマ』

最後のひとことは余計だっただろうか。イイネもコメントも期待したくないから、サイトをスワイプしてモップを握りなおす。スワさん同様、きっと私も浮いている。

スマートフォンにメッセージが届いた。フリマアプリからだ。

涙ブレンドが即売れるとは意外だった。泣きたい夜でも安眠できるというコンセプトで、ラベンダー、クラリセージ、ネロリなどを配合した商品だ。スウェット上下で髪は洗いざらし、電気もつけずに取引を進める私も、先月まで涙ブレンドが手放せなかった。

念のため、『三分の一ほど使用済みですが、よろしいでしょうか』と商品説明にも記した文言をメッセージで送った。購入者から了承されるやいなや梱包に取りかかる。

お腹《なか》が鳴った。

アロマオイルなんて腹のたしにもならない。スウェットパンツを脱いでジーンズをはき、サコッシュに梱包したアロマオイルとスマートフォンを入れた。スウェットのトレーナーにダウンジャケットを重ねてマンションを出る。

外灯に靄《もや》がかかり、頰《ほお》に夜気がはりつく。肩をさすりながら徒歩一分たらずのコンビニへ急ぐ。自動ドアのガラスに目の下のクマとほうれい線がうっすら映った。メガネをかけてくればよかったと後悔したけれど、そもそもこんな時間にふらつく女なんてたかがしれている。レジで発送手続きをしつつ、頭の中で稼いだお金の計算をした。今月、フリマアプリの売り上げは三万円を超えた。

「すいません、コロッケひとつください」

三万円超え祝いでコロッケ八十円。発送完了のメッセージを購入者に送信し、イートインコーナーをのぞいた。

妙に涼《すず》やかな女性が座っていた。

宵《よい》の口を切り取ったようなブルーのワンピースを身にまとい、胸元まで流れた癖のない黒髪が小さな顔を縁取《ふちど》っている。全身を包むニットなんてスタイルがよくないと着こなせないし、ひと目で上質だとわかるのがまず尋常ではない。

「……あの、何か？」

コロッケ片手に立ち尽くす私に、彼女が首を傾《かし》げた。全身の雰囲気にいまひとつそぐわない黒のチョーカーが禁欲的で、女の私でもあたふたした。禁欲的なのがかえって色っぽいというのも変な話だ。

「いえ、あの、お綺麗《きれい》だなと思って」

「そうですか」

と、彼女はかすかに微笑《ほほえ》んだ。謝辞するでも謙遜《けんそん》するでもない、真から美しい人というのはこういう反応をするのか。トレーナーにノーブラの私は、突如気恥ずかしくなって言葉を継《つ》いだ。

「お仕事ですか」

カウンターにコーヒーの紙カップとノートパソコンがあった。「ええ」と彼女は両手をパソコンにのせた。ピアノでも弾くように姿勢を正し、微動だにしない彼女の隣に、私は腰かけた。数分間経過しただろうか、コロッケの最後のひとかけらを口にしたところで、

「眠れない夜に、というテーマで女性向けの記事を書かなくてはいけないの」

画面を凝視したまま彼女が言った。

「夫の目を盗んでコンビニまで散歩に出たら、見知らぬ女と知り合って、思いがけず楽しく過ごした、奇跡的な出会いってあるんですね、という話はどうですか」

適当に私はこたえた。彼女が私に向きなおり、薬指に指輪を嵌《は》めた左手で、髪を耳にかける。血管が透けそうな青白い首筋。

「それ、素敵だわ。その続きはどうなるの?」

「そうですね。女同士だったら、深夜の不眠症仲間の宴みたいな、テレビの隙間《すきま》番組になりそうな展開はどうでしょう。コンビニやファミレスでだらだらしながら夫や彼氏の悪口を言い合うという」

「男女だったらどうなるのかしら」

「男女だったら」

きっと誘いをかけるのだ。眠れないのならうちに来ますか、部屋も余分にありますから、眠

くなったら寝てくださいい、大丈夫、何もしませんよ、と言って、余分にある部屋で余分な縁や愛や夢を紡《つむ》ぐのだ。余分ではない縁の女が陰で泣くかもしれないのに。

「……男女だったら、男女の仲になるんじゃないでしょうか」

鼻の奥が痛む。動悸《どうき》がする。気がつくとコロッケの包装紙を片手で握りつぶしていた。

「すいません、私、帰りますね」

包装紙をゴミ箱に捨てた。

「待って」

私の手首を彼女がつかむ。見た目に反して、すごい力だった。

「ねえ、私のうちに来てもらえないかしら」

大丈夫、部屋は余分にあるの、と彼女は私を射貫《いぬ》くように見つめた。

彼女は志摩《しま》佳月《かづき》といい、フリーのライター兼エディターだった。年齢は二十七歳、私より十歳年下だ。昨夜というか今朝、私は押し切られるように佳月さんのマンションに連れ込まれ、記事作成を手伝う羽目になった。空が白みはじめた頃にやっと完成し、佳月さんに朝食を勧められたものの、寝室らしき部屋で人の気配がしたので辞退した。一睡もせず先程帰宅したのだ。朦朧《もうろう》としたまま、私はフローリングモップで床をみがいている。歩数計アプリは八百歩を超えていた。

　佳月さんのマンションはうちよりもはるかに広く、うちよりも生活感がなかった。寝室にいたのはご主人だろうか。子供がいる様子はなかった。

　リビングで仰向《あおむ》けになって、スマートフォンで宴をひらいた。

『どうやら職が決まってしまったようです。といっても、不定期のアルバイトでまったく安定していませんが、ここを退会しなくてはいけないのがさみしいです。　エマ』

　コメントを入力し、ため息をつく。今朝方、帰りしな佳月さんに懇願された。アシスタントになってほしいと、それなりに優遇すると。ハローワークに通う気力もなく、分不相応のマンションに住み、貯金を食いつぶしていた私はごく自然に同意した。

『無職の宴』は無職が鉄則で、職が決まったら退会しなければならない。表面上の規定だから、黙っていればいいのに、私は融通がきかない。こういう頑愚な性格が、破談につながったのだろう。どうしても私は、結婚直前の浮気が許せなかった。新居の引っ越し作業中にＬＩＮＥの画面をひらきっぱなしにするなど、迂闊《うかつ》もいいところで、一時の気の迷い、というのも本当だろう。彼、いや元彼も、魔が差した、別れるつもりだった、とあっさり認め、深夜のコンビニだかファミレスでたまたま知り合って、そういう仲になったと自白して土下座した。あけすけに話すのが誠意だというように、許してほしい、恵真《えま》を大切にしたい、と泣きじゃくり私の足首に縋《すが》りついた。その場にいた元彼の両親も「五年も付き合っていたんだし、結婚前だから目をつぶるべき」と元彼を庇護《ひご》した。べき？　我慢するべきって意味ですか？　なかったことに？　荒くなる呼気を必死に鎮《しず》めながらうったえたら、元彼の母親が諫言《かんげん》した。

魂ごと好きなら、奪いなさい。

地の底を這《は》うような声だった。瞬間、頭に血がのぼって、母親と父親と元彼、三人の存在を全身で遮断した。先に元彼に泣かれてしまったし、あとから私が泣くと、かえって嘘《うそ》になってしまうと私の本能が判断したのか、私は怒りで涙を緘《かん》した。私の足首は元彼の涙だか鼻水だかで濡《ぬ》れ、私のほうが悪者の構図で、味方もいなかった。

魂ごと？　奪うって何を？　誰をですか？　意味不明なんですけど？　私だけがすべて呑み込めば幸せになれるとでも？　と私はうるさくわめき、結果、丸腰になった。しばらく主婦を満喫するつもりで、勤続十五年のアロマショップを退職していたのだ。ふたりで選んだ家具や家電は元彼の両親が売却して、売却金と家賃三ヶ月分を慰謝料としてもらったけれど、マンションを解約するにも私には行く当てがなかった。地方に住む両親に世話になるのも気が引けたし、出戻りみたいな噂《うわさ》を立てられるのもまっぴらだった。

泣きたかった。でも元彼に私の涙は奪われた。別れて一ヶ月ほど腑抜《ふぬ》けになり、二ヶ月目で宴に参加した。思考の入る隙がなくなるほど、節約に夢中になった。

スマートフォンが振動した。宴にＤＭが届いている。

『エマさん、仕事が決まったのですね。おめでとうございます。でも正直言うと、僕もさみしいです。　スワ』

コメントには誰からも返信がないしイイネもない。それゆえスワさんのDMは親密な匂いがした。イイネやコメントのやりとりをしていたとはいえ、DMははじめてである。

しかもスワさんはやはり、〝僕〟なのだ。読みどおり、男性だった。徹夜明けのせいか私はハイテンションになり、

『ありがとうございます。職といっても、些細《ささい》なことなのです。いくらくらいになるかもわかりません。スワさんは男性だったのですね。男性だと思っていたのでうれしいです。　エマ』

と、よくわからないよろこびをお礼の中にねじ込んだ。静かな達成感が胸を満たし、急に眠くなってきた。と、目をとじる間際に私は起き上がった。

男性だと思っていたのでうれしいです、って変な誤解を生む一文では。でも今さらどういいわけを。

逡巡《しゅんじゅん》していたら再びDMがきた。

『エマさん、とお呼びしてよろしいでしょうか。僕は須和春臣（スワハルオミ）といいます。僕はとある事情で退職に追いやられ、無気力に日々を過ごしていました。同世代（三十歳です）より収入も能力もあると自負していましたが、木っ端微塵《こばみじん》になったのです。失礼ながら、今まで節約をバカにしていました。でもこのサイトで皆様が一円や一ポイントに奔走《ほんそう》する姿を見て、その熱量に救われたのです。いいえ、決してバカにしているのではありません。本当で

す』

須和さんが態度を軟化させてきた。長文だ。変な誤解は生んでいない。

『わかります』

即座に返信し、怒濤《どとう》のように続けた。

『私もそうです。私（山守恵真、ヤマモリエマといいます）も事情があって無職、そして無気力になりました。でも私がぼんやりしている間にも、ここの皆様は時間を小銭やポイントに替えていたのです。皆様の熱量に私も感化されました。私にとって、節約が人生のリハビリになったのです』

『そうです、同じです。僕も人生のリハビリが節約だったのです』

須和さんと私がこのサイトで浮いていた理由がわかった。私達は純粋に節約を楽しんでいたのではなく、心身を立て直すために節約を利用していたのだ。でももう、私は退会宣言をしてしまった。せっかく通じ合った須和さんともお別れなのだ。達成感はたちまち消滅し、胸がしぼんだ。

しかも須和さんは七歳も年下だったのだ。須和さんは情報開示してくれたのに、私は年齢を明かせなかった。

魂ごと好きなら、奪いなさい。

元彼の母親の言葉が、よみがえった。封印したはずなのに、油断するとしつこく身体《からだ》中を駆けめぐる。元彼に未練はない。ただ五年の付き合いが不意打ちの浮気にからめとられ、私は私をまるごとなくしたのだ。私は悪くないのに、正々堂々と悪くないとはふるまえず、私のどこがいたらなかったのだろうと悶々《もんもん》としてしまう。修羅場《しゅらば》の最中もあとも、元彼のことを魂ごと好きだなんて到底思えなかったし、思えない自分は欠陥人間かもしれないと未《いま》だ葛藤してしまうのだ。

目をとじても眠れず、床のかたさに背骨が軋《きし》む。須和さんとも終わりか、と寝返りをうつ。終わりも何も、まだはじまってもいないのに、期待を裏切られたようで、私はさみしさに打ちのめされた。さみしさが込み上げてきてから、ずっとさみしさの只中《ただなか》にいたと知った。節約で上書きしていたけれど、根底までは覆《くつがえ》せず、無意識に私は、実体もなく無害な須和さんに依存していたのだ。でも男性という輪郭が冴《さ》え冴《ざ》えとしたとたん、女の部分が反応しそうになるなど、私はなんて軽率なのだろう。立ちなおりかけた証拠だとしても、頑愚な性格が聞いてあきれる。

数分が経過しただろうか、DMが届いた。

『提案なのですが、僕達、節友（セツトモ）になりませんか』

セツトモ。節約友達、軽率じゃなく絶妙に頑愚な語感がいい。

『はい、了解です。節友になりましょう。私のアドレスは……』

ごく自然に、連絡先を交換した。年齢を打ち明けようか、と迷っているうちに眠ってしまい、私は婚約破棄後約三ヶ月で、はじめて熟睡できたのである。

須和さんは半蔵門《はんぞうもん》に住んでいて、千鳥ヶ淵《ちどりふち》が近いという。

『スワンボートを眺《なが》めるのが好きなんです。ゆらゆら揺蕩《たゆた》っていて、結局どこにも行けない感じに癒《いや》されます』

須和さんにとっては誘い文句のつもりではなかったかもしれない。けれど私はつい、

『須和さんのアイコンもスワンボートでしたよね。スワンボート、私も久しぶりに見たいです』

と返信してしまった。

知り合って数日、とんとん拍子で私達は今、千鳥ヶ淵沿いのカフェにいる。待ち合わせは十二時で、須和さんが席を予約してくれた。

「僕、恵真さんにお話があったんです」

須和さんは標識の男性像みたいに均整がとれていて、生々しさがなかった。奥二重《おくぶたえ》の目は思慮深く、口元は清潔感にあふれている。ブラウン系にまとめられたコーデュロイパンツとセーターとジャケットと、適切に隙を見せた髪型がかえって隙がなく、いかにもフリーランスという趣《おもむき》だ。

「お話……、なんでしょう？」

語尾を上げて問う。まともに男性と会うのは三ヶ月以上ぶりの私は、当日の朝一に美容院へ駆け込み、ヘアスタイルと眉毛とまつ毛とネイルを整《ととの》えた。覆面調査サイトに登録していたので実質無料である。須和さんに年上だとバレてもかまわないが、せめて三歳差におさえたかった。幸い、ショートカットでわりと童顔なので、一緒にいても違和感はないだろう。須和さんも特に引いてはいない。

「知人の不動産業者からアルバイトのオファーがあったんです。一緒にやりませんか」

ランチプレートが運ばれてくる。須和さんは大豆ミートセット、私はグリーンカレーだ。

「どんなアルバイトですか」

「夫婦もしくは恋人という設定で、賃貸物件の内覧をするんです。多忙で物件を見て回れない人のための代理で、男女双方の視点で意見交換をするのが目的です」

諏訪さんがマイ箸《はし》で、大豆《だいず》でできたハンバーグを切り分ける。

「夫婦、恋人。結婚する人のため、というのもあるんでしょうね」

「はい。男性と女性では住居の見方が違いますよね。その相互性をレポートして整合性をはかりたいと知人が、……恵真さん？」

私はグリーンカレーにスプーンを浸《ひた》したまま、うつむいていた。

「恵真さん、どうかしましたか？　アルバイト、気が進まないのならべつにいいんです。それとも、恋人や夫婦という設定に抵抗があるなら」

スプーンを持ち上げたら手がすべって、お皿に落下した。グリーンカレーがブラウスにはねる。

「やだ、私ったら。ごめんなさい」

「いいえ、大丈夫ですか」

私がおしぼりを手にしたら、須和さんが片手をあげ、店員を呼んでくれた。手渡された新しいおしぼりで、私は胸元を拭《ぬぐ》う。

「ありがとうございます、ごめんなさい」

擦《す》りきれそうなほど、ブラウスをこする。須和さんが小さく首を振る。

「……須和さん」

私は言った。

「須和さんの、とある事情で退職に追いやられた、という、とある事情って何ですか」

「あ、それは」

私がおずおずと顔を上げると、須和さんは私の耳朶《じだ》に視線を向けた。むきだしになった耳に、花珠真珠《はなだま》のピアス。

「信頼していた同僚に企画を盗まれたんです。僕が数年あたためていた企画でした。それを同僚に話し、しかも一時とはいえUSBをデスクに放置してしまった僕にも落ち度はあります。

でも企画が通ってから、僕は閑職にまわされ、同僚は出世しました。よくある話だし、つまらないことですが、……恵真さん？」

私の目に涙がにじんでいた。

「恵真さん、すいません。恵真さんを泣かせるつもりでは。あの」

「アルバイト、やります。やりましょう」

私は急いでまばたきをし、楕円形であざとそうなピンク色の爪《つめ》を目尻にのせた。

「……恵真さん」

須和さんの背筋が、湾曲する。肩の線がなだらかになり、眉根も下がる。私はまだ十分に女だった。須和さんの隙のない心に亀裂をつくったのだ。

「そんな会社の人達なんか忘れて、ふたりでフィールドワークを広げましょう」

小首を傾げて、私は笑顔になる。

「アルバイト、私、やります。恋人もいないし、須和さんと恋人という設定なんて、光栄です」

「そ、そうですか。よかった」

「やだ、お料理が冷めちゃう。食べましょう。ね？」

私は、泣きたい自分を利用し、好印象に持っていった。こんなに図太い性格だっただろうかと、ひそかに驚いている。

「わかりました。そうしましょう。知人に伝えます。僕も恵真さんとなら、光栄です」

須和さんはすっかり表情をゆるませ、マイ箸でオーガニックらしきサラダを口にした。

千鳥ヶ淵で、何艘《そう》かのスワンボートが行き来している。


午前十時、佳月さんのマンションを訪ねると、玄関でご主人に出くわした。

「佳月がいつもお世話になっています」

メガネの奥の目も唇《くちびる》も薄く、頭も育ちもよさそうな男性だった。スーツ姿で、小脇に抱えた本を革のバッグにしまう。ご主人がドアをしめるのを確認するように、あとから佳月さんが迎えてくれた。

「素敵なご主人ですね」

ここに通うようになって数日たつが、対面したのははじめてだった。佳月さんは心ここにあらずで、

「本がないの。隠しておいたはずなんだけど」

と虚《うつ》ろに言った。

「本、ですか」

「ええ。でもいいわ、また注文するから」

「どんな本ですか」

佳月さんはするりと背中を向け、キッチンでお茶の支度《したく》をする。私はハンガーラックにショート丈のコートをかけた。

うちの倍はありそうなリビングをパーテーションで区切った先に、ライティングデスクが二台並んでいる。アンティーク調の揃《そろ》いで、一台は私専用だ。佳月さんのデスクにはクリーム色の犬のぬいぐるみがあった。当然、新品のパソコンもセッティングされている。二回目に伺《うかが》った時にはもう、このようなワーキングスペースが完成していた。ご主人が設《しつら》えたのだという。

「柊《ひいらぎ》朱鳥《あすか》の『わたしのいけない世界』」

背後に、トレイを手にした佳月さんが立っていた。

「あ、知ってます。私も図書館で借りました。話題ですよね」

「ええ」

と、各々のデスクにティーカップを置き、自席に腰かける。

『わたしのいけない世界』は文芸書だが官能小説ではない。なぜ隠すのだろう。

佳月さんは、ピアノを弾く姿勢のまま静止していた。

「佳月さん、これ、記事作成に役立ちませんか」

持参したアロマオイルを数本、佳月さんのデスクに差し出す。

「『眠れない夜に』の連載ですけど、アロマオイルの効能とリンクさせて書いたらどうかなと思いまして」

「欲ブレンド?」

心、和、望、憩、彩、想、それに欲。フリマアプリに出品する予定だった七本の商品の中で、佳月さんがまっさきに反応したのが欲だった。

「ええ、変わった名前ですよね」

「嗅《か》いでみていいかしら」

どうぞ、と私が勧める前に、佳月さんがボトルをあける。欲ブレンドは、多くの女性が興味を示すものの購入にはいたらなかった。ローズがメインにブレンドされているのだけど、アルバローズという品種のみを使うという徹底ぶりで値段もはるし、煮詰めたような濃厚な甘さと渋《しぶ》みは、どこか太刀《たち》打ちできない野蛮性がある。

「……パパの匂い」

「え?」

「パパの、葉巻の匂い」

「葉巻って煙草《たばこ》ですよね」

「パパの葉巻は甘くて、何でも叶う匂いがするの。昔パパは、私に何でも買ってくれたわ」

「そうですか」

早く仕事をしないと、連載記事の〆切《しめきり》も迫《せま》っているし、佳月さんの友人から別の仕事のメールもきていた。

「ねえ、恵真さん。過去に経験した出来事を小説にするって、どういう心境なのかしら。やっぱり恨《うら》んでいるのかしら」

もどかしそうに、唐突な話題を振ってくる。仕事モードに切り替えてもらおうと、私はあえて佳月さんが求めそうなこたえを言った。

「内容にもよりますけど、恨むのではなく、感謝しているとか、その時出会った人を捜しているとか、会いたいとか、そういう可能性のほうが高いかもしれませんよ」

「捜している？　会いたい？　そうかしら」

「え、ええ」

「そう、そうね。じゃあやっぱり、私、亜香里《あかり》に提案された企画、やるわ」

「そうですね、やりましょう」

佳月さんの話は散らかっていて主旨がいまひとつ読めなかったけれど、仕事が増えるのは大歓迎なので、私は調子を合わせた。

「ええ。その前にまた本を注文しなきゃ」

酔いしれたように、佳月さんは欲ブレンドに頬ずりする。手放すそぶりもないので、私は仕事を世話してくれたお礼にあげることにした。

アルバローズは白薔薇《ばら》の祖といわれている。花言葉は純潔や恋の吐息《といき》で、欲とは対極にありそうだ。一方で、聖母マリアがヴェールをかけた薔薇が白薔薇になったという伝説や、美と愛の女神アフロディーテの血で染まったのが赤い薔薇という神話もある。白ははじまりの色で、欲は人間の根源なのだろうか。

夕方から佳月さんは打ち合わせがあり、私は十五時にお暇《いとま》した。マンションの中庭を散歩していると、ゴミ袋を抱えた主婦らしき女性とすれ違った。うちのマンションよりグレードの高いゴミ置き場はどんなのだろう、と興味がわいて、さりげなくくっついていく。マンションのミニチュアのような洒落《しゃれ》た建物を、女性が開錠した。整然と分別された資源ゴミの中に、私は見たのだ。『わたしのいけない世界』があるのを。

女性が振り向く前に、私はコートの襟《えり》をよせ、駆けだした。

西武池袋線《せいぶいけぶくろ》の中村橋《なかむらばし》は、駅前に商店街があり適度ににぎやかで親しみやすかった。須和さんと私は、須和さんの知人、綾部京介《あやべきょうすけ》さんにマンションを案内されている。不動産業者だという綾部さんには、私達が本当の恋人同士だと伝えてあるそうだ。

「じゃあこれ、三〇三号室の鍵。あとよろしく」

綾部さんは早々に去っていった。通常は不動産業者も同行するものだが、

「僕、宅地建物取引士の資格を持っているんです」

私の顔色を慮《おもんぱか》ってか、須和さんが率先してエントランスに入っていく。それはそれとして会社の責任とかあるんじゃないの、と訝《いぶか》ったものの依頼されたアルバイトなのでよしとした。

須和さんが鍵をあけ、ボストンバッグから使い捨てスリッパを二足並べた。

「今日一日で三件がノルマです。僕は動画を撮るので、恵真さんは写真をお願いします。気づいたことはメモして、あとで意見を交わしましょう」

「わかりました」

私はキッチン、バス、トイレといった水回りを中心に見極めていく。片や須和さんは壁を拳《こぶし》で叩《たた》いたり、窓やドアの開閉を入念に検分していた。各自三十分ほど、築三十五年、三階建て三階、２ＬＤＫ、専有面積五十二平米の部屋を調査した。十一時十五分を過ぎた頃、須和さんが言った。

「お昼休憩にしましょうか。僕、近場でテイクアウトしてきますので、ここで待っていてください」

「あ、私も一緒に」

「いえ、どちらかひとり残っていたほうがいいです。恵真さん、何か苦手な食べものはありますか」

「いえ、ないです。お言葉に甘えますね、気をつけて」

ボストンバッグの上にたたんでおいてあったチェスターコートを着込み、須和さんが片手をあげて玄関をしめた。

私の荷物は小ぶりのトートバッグひとつだけど、須和さんはやたら荷物が多い。不思議に思いつつ、私はリビングのまんなかで伸びをした。知らない街の景色。どこかの誰かがこの部屋で、新婚生活や同棲生活を送るのだ。ひとりになると、塵埃《じんあい》のような乾燥した空気におそわれた。住人を待つ、建物そのものの匂いは、水分がなく、生《せい》の匂いがしない。生活臭というのは、人の体臭の賜物《たまもの》なのだろうか。ここで誰かが、ふたりで暮らしはじめたら、ふたりの体臭が混ざって、やがてひとつの匂いになっていくのだろう。

ノックの音がする。須和さんが帰ってきた。

「商店街に自然食の定食屋があったので、一汁三菜弁当というのを買ってみました。お茶はあたたかいほうじ茶です」

「ありがとうございます。おいくらでしたか」

「いいです、ここは僕持ちで」

「あ、じゃあ、次回は私が。ええと、ここで食べるんですよね」

入居時にクリーニングするにしても、じかに座って食事するのは気が引けるし、埃《ほこり》も舞いそうだ。

「ちょっとこれをお願いします」

お弁当を私に託《たく》すと、須和さんはボストンバッグから厚手の除菌シートとレジャーシートを取り出した。除菌シートで注意深く床を拭《ふ》き、レジャーシートをきっちり敷く。

「食べましょうか」

須和さんが満足気に微笑む。今日もマイ箸を携《たずさ》えている。ええ、と私も笑い、お弁当をあけた。

「蓮根《れんこん》とサツマイモのサラダ、切り干し大根もおいしそう。コロッケは里芋《さといも》かしら。お味噌《みそ》汁は白菜と椎茸《しいたけ》だし、お野菜が多いとうれしいですね」

「気に入ってくれてよかった。僕、ジャンクなものは好きではないんです」

「そうですか」

でもコンビニのコロッケもおいしいです、と思ったけれど黙っていた。須和さんは薄手の除菌シートで手を拭いてから、タブレットを操《あやつ》る。

「このあたりは第一種低層住居専用地域なんですね。築三十五年で古いですが、旧耐震基準はクリアしています。壁は比較的厚みもあって、防音も問題はありません。窓は防犯用ではありませんが、三階だからよしとしますか。コンセントの数が少ないのはマイナスですね」

私も除菌シートをもらって指を拭き、ほうじ茶で五穀米を飲み下した。

「平米数のわりに廊下が広く感じました。廊下を狭めて収納スペースに回してもらえたら、女性は助かるかもしれません。水回りですけど、トイレもシャワーも問題ないです。シャワーへッドをいいものに付け替える場合、少し水圧が弱いかもしれませんが」

「でもバスルームに換気扇がありませんね。窓のみでしたよね」

「あ、そういえばそうでした。すいません、気がつかなくて」

「いえ、いいんです。それより僕にはシャワーヘッドを付け替える発想がありませんでした」

「私、以前シャワーヘッドを見て回ったことがあって、いくつか試したんです。メイクが落とせるものや頭皮マッサージができるものもあって……」

　新居に設える予定だった。五万円もしたから、元彼は渋っていた。

「なるほど。恵真さんは髪が短いから、抜けた髪が絡《から》まって排水口を詰《つ》まらせることはありませんね。ここの排水口は古いタイプだし、念のため、リフォーム案件として提言しておきます」

　元彼の浮気相手は髪が長かった。ＬＩＮＥの表示を見たのは一瞬だったけれど。

「須和さんは、髪は長いほうが好きですか？」

「特には……。でも恵真さんみたいに耳やうなじをあらわにしたショートヘアはとても清潔だし、潔《いさぎよ》さを感じます」

　須和さんの視線をたどるように、私は耳からうなじに指を這わせる。今日はイエローゴールドのフープピアスだ。昔からピアスだけは妥協しなかった。節約してからも売ってはいない。

「でも、考えてみたらピアスって奇妙ですよね。痛い思いをして穴をあけて、わざわざまたふさいでいるなんて」

自ら課した痛みを、美しい飾りでふさぐ。痛みにも妥協は許されない、というように。

「そう、ですね。僕には真似できない。それを髪の毛で隠せないほどのショートヘアにしているなんて、やっぱり潔いですよ」

ありがとうと言うべきなのか計りかねて、私はふやけたように笑った。

お昼を食べ終えると、須和さんは歯磨きシートで歯を磨いた。私もすすめられたので、それに倣《なら》った。午後から豊島区《としま》、文京区《ぶんきょう》へ移動し、二件目と三件目をこなすと十七時になった。日が暮れた中、私達は護国寺駅《ごこくじ》へと向かい、須和さんは綾部さんへ業務終了の連絡をした。

「綾部から、すぐ次の物件の連絡が入ると思います。また連絡しますね」

「はい、今日は楽しかったです」

デートではなく仕事なのに楽しかったとは軽率かも、と思ったら、

「僕も、楽しかったです」

と、須和さんが重そうなボストンバッグを片手に、はにかんだ。

「ちょっと、冷えますね」

上目遣《うわめづか》いで耳朶をそっとさすってから、ではまた、と足早に階段を下りる。私は東京メトロ有楽町線《ゆうらくちょう》二番線ホームへ、須和さんは私の耳朶の余韻に浸ってから、同じホームの一番線側へ歩いていくだろう。

電車が到着し、なだれ込んできた人々に遮《さえぎ》られるとすぐに、須和さんからＬＩＮＥが届いた。

『今日は、本当に楽しかったです』

人生経験が七年多いというのも、悪くないかもしれない。


佳月さんの勤務形態は移り気だった。一応週単位でスケジュールを組むのだが、頻繁に私を呼び出してはアイデアを強要したり、おしゃべりに付き合わせる。

今日は、どうしても朝食を食べにきてほしい、という理由で私は朝九時に佳月さん宅のダイニングテーブルに着席していた。

「お味はどうかしら」

佳月さんがごちそうしてくれたのは、ピーナッツバター＆ジェリーサンドだった。

「おいしいです」

文字どおり、ピーナッツバターとブルーベリージャムがサンドされた、無謀なエネルギーでできたサンドイッチだ。色も味もどことなく淫《みだ》らで、甘味も酸味も過剰だった。味覚が行き場をなくしてしまい、おいしいのかまずいのか判断できかねた。けれど中毒性があるのか、虜《とりこ》になりそうで一種恐怖だった。

「よかったわ。今日、差し入れにして驚かせようと思って、十五年ぶりにつくったのよ」

差し入れって誰にですか、とは聞かなかった。ひとりよがりな話に脱線しても面倒だからだ。

頭痛をとおりこして、脳味噌がすべて溶けたようにのぼせた。目の前にウェットティッシュがあったけれど、私はべたついた指を、おもむろに舐《な》める。

「佳月さん。こういう、身体にも頭にもよくなさそうな、いわゆるジャンクフードって、時々無性《むしょう》に食べたくなりますよね。あ、いい意味で言っているんですけど」

よくわかるわ、と佳月さんが髪をゆらした。

「ですよね。なんていうか、身体だけの付き合いからはじまってやめられなくなって、本気だかそうじゃないか自分でもわからなくて。でも身体や心のどこかで、きっと栄養になっているような」

元彼にとって、浮気相手はジャンクフードだったのだろうか。つまりいけない誘惑が本物の栄養に成り代わってしまったのだ。いや、元彼や髪の長い女はもうどうでもいい。ただ、考えつくかぎりのぼやけた動機が、じくじくとくすぶるのが我慢ならなかった。私は、正しい栄養だったはずなのに、と。

「恵真さんって、おもしろい発想をするのね。でも、きちんと核心をついているわ」

「そうでしょうか」

佳月さんがコーヒーをつぎたしてくれた。

「本当に求めるものって、案外、不純な好奇心からくるんだと思うの。不純な好奇心というか、純粋な欲望っていうのかしら」

「純粋な欲望」

「ええ。でももしかしたら、それが魂の本音かもしれないわね」

急に詩人めいた佳月さんの横顔が、研《と》ぎ澄《す》まされていてこわかった。魂の本音。魂ごと好きなら、奪いなさい。元彼の母親の声が、頭のほてりを穏《おだ》やかに鎮めてくれる。なぜだか、以前のような嫌悪感は消えていた。

佳月さんのデスクに、『わたしのいけない世界』があった。新しく買ったのだろうか。

「佳月さん、その本」

「恵真さん、この本は読んだのよね。どう思った？」

「そうですね、ある意味刺激的ですけど」

「けど？」

「根底には純粋なものが流れているというか。秘密を共有することと絆《きずな》を育《はぐく》むことって、私には同じように思えるんです。ここには子供時代しか書いていませんが、成長したふたりの物語も読んでみたいですね」

「成長して、大人になったふたりはどうなるのかしら」

「それは」

そこまでは考えていなかった。ただ私はうつむかず、自然と天井を仰いでいたので、佳月さんは前向きにとらえたようだった。両腕を腰にまきつけ、嫣然《えんぜん》と微笑んだのだ。

「ありがとう。今日はもう帰っていいわ」

おっとりと、有無を言わさない迫力で、佳月さんが食器を片づけた。


須和さんは朝昼晩と、一日三回ＬＩＮＥをくれる。時に千鳥ヶ淵やスワンボートの画像も織り交ぜてくれた。まるでタイミングよく流れるテレビの天気予報のようで、私の日常にすっかりなじんでいた。須和さんと私が節友になって、早くも一ヶ月になろうとし、須和さんと共同で開始した物件内覧のアルバイトも次で五回目だ。ＩＴ企業を辞めていた須和さんも、もともとＦＸや投資をやっていたので、厳密には無職ではなかった。私の存在がきっかけとなり、私と同時期に宴を退会したという。

『恵真さんと節友になって、すべてが整ってきたんです。僕は本当にうれしくて』

今朝も晴れやかなＬＩＮＥがきた。太陽やスマイルのスタンプはないが、文面だけで晴れやかだとわかる。

『私もです。節約系アプリのポイント数は減っていますけど、心のポイントは確実にアップしています。ボーナスポイントがほしいくらい』

心のボーナスポイントって何だろう、と思いながらスマートフォンを傍《かたわ》らにパソコンをひらく。そろそろ引っ越しを考えなくてはいけない。

『昨夜、綾部から連絡がきました。物件のHPを添付しますね』

ややあって、LINEにHPが送られてきた。確認し、私は目を疑う。

ヴィラ・リバティ学芸大学《がくげいだいがく》。

うちのマンションではないか。もちろんこの部屋ではないし階数も違う。動揺することではない。とはいえ、私生活すべてをさらされるような、ひりひりした感覚に陥《おちい》った。

『恵真さんも学芸大学でしたよね』

スマートフォンの画面で指を迷わせていた。黙っていればいい。目黒《めぐろ》区の学芸大学駅周辺にマンションは腐るほどある。

『恵真さん、都合のいい日時をいくつかおしえてください』

スマイルのスタンプを押す。とってつけたような返信だ。ちっとも笑っていないのが、伝わってしまうだろうか。

『いつでもいいです。須和さんに合わせます』

もう一度、スマイルのスタンプを押した。

学芸大学駅まで須和さんを迎えに行く。街路樹の銀杏《いちょう》並木はすっかり黄葉していて、アスファルトにやわらかな光を落とす。濁《にご》りのない空、小春日和《びより》。ボストンバッグを手に立つ須和さんは、相変わらず標識のように正しい。ベージュ系でまとめられた服装も、こざっぱりしていて好ましく、肉のような、猛々《たけだけ》しい匂いはしなかった。

「須和さん」

手を振る代わりに、私は髪を耳にかける仕草をした。ピアスは小ぶりの赤珊瑚《さんご》だ。

「恵真さん、おはようございます。ここも住みやすそうですね。飲食店も充実してそうです」

「そうですね。行きましょうか」

自宅から駅へ、そしてまた自宅へ。なんだか間が抜けている。須和さんのボストンバッグには相変わらず、使い捨てスリッパや除菌シートやレジャーシートや歯磨きシートやマイ箸が詰まっているのだろうか。ランチはオーガニックやベジタリアン、もしくはヴィーガンのお弁当なのだろうか。

出会って一ヶ月、初対面の食事とアルバイト五回で、ふたりで外出したのは計六回。お互い恋人も、堅気《かたぎ》の仕事もなく、気兼ねもない。須和さんが好きなのかと自問自答してみれば、かすかに頷《うなず》く自分もいる。

「ここですね」

須和さんがうちのマンションを見上げ、私は須和さんを見上げた。白くてつるりとした顎《あご》とこめかみ。

須和さんは、この関係をどう思っているのだろう。エントランスで、いつものように須和さんが一歩前に出てオートロックを操作し、横並びでエレベーターに乗る。密閉された箱で目的の階に着くまでは双方とも無言で、ほんの数分、濃密な空気になる。毛穴から漏《も》れ出る皮脂まで察知されるんじゃないかと緊張して、私は余裕を演出しようとおもむろに、指で耳朶をもてあそぶ。息を合わせるように、須和さんはボストンバッグを持ちかえた。

目的地の五〇一号室でも私達の連携は完璧だった。須和さんは窓やドアの建て付けや建物全体の構造から精査し、私は生活に根差した水回りを調べていく。実際は暮らしてみないと不備に気づけないものだが、仮にも私はこのマンションの住人だ。他の物件よりは体感で理解できる。スマートフォンに画像を収めながら、まったく同じ構造の私の部屋に思いを馳《は》せた。床のあちこちにビー玉を置き、角度が平らなのをチェックする須和さんを見下ろして、頑健な背中にはいくらか肉の匂いがすると感心し、このマンションで新婚生活を送るはずだった私を、私はこっそり抱きしめた。

「部屋は問題ないし、共用スペースやゴミ捨て場の掃除も行き届いていました。いいマンションですね。眺望もいい」

「そうですね。トイレもバスも申し分ないです」

「じゃあ、お昼にしましょうか。僕、買ってきますよ」

コーチジャケットの袖《そで》に通そうとした須和さんの手に、私は素早く手をのせた。

「もしよかったら、うちで食べませんか」

「え?」

「うち、このマンションなんです」

「え」

「黙っていて、ごめんなさい」

須和さんが、唇をきゅっと引きしめた。

「私の部屋、この部屋の上なんです」

この部屋の、少し上、とつぶやいて、私は右手を須和さんの手にのせたまま、左手で天井を指さす。

「少しだけ、上なんです」

須和さんの左手が覚悟を決めた、気がした。

エレベーターの中で、私は忙《せわ》しなく赤珊瑚のピアスをいじっていた。五階から七階まで上がるわずかな時間、須和さんは二度もボストンバッグを持ちかえた。

私ひとりだけだった空間に、他人を招き入れるのははじめてだった。結婚するはずだった私の、ふたりでひとつの匂いをつくるはずだった私の、ひとりだけの匂い。家具も装飾品もなく、色味もない。

「ごめんなさい、スリッパがないんです」

「あ、いいです。僕はこれで」

と須和さんが新しい使い捨てスリッパを出す。

「洗面所はこちらです。どうぞ、手を。あ、新しいタオルを」

「大丈夫です。持っています」

そうですか、と私はダイニングキッチンへ行き、冷蔵庫をあけた。

冷やごはん、コンビニで買った豆のサラダ、キムチ、加糖のアイスコーヒー、ミネラルウォーター、卵、麺《めん》つゆ、マヨネーズ。冷凍庫には氷のみ。絶望的すぎて笑った。無謀だ。準備もせずにこの状況。洗面所で長々と水音が響く。私は棚からフライパンとミルクパンを出し、冷やごはんと豆のサラダと卵をフライパンで炒め、ミルクパンにミネラルウォーターをそそいで火にかけた。

須和さんの足音が止まった。リビングで所在なげに立ち尽くしている。

「あ、適当に座っていてください」

適当にも何も、クッションも座布団もない。

「あ、はい」

須和さんはレジャーシートを敷くだろう。敷く前に除菌シートで拭き清めるかもしれない。

「もうすぐできあがります」

豆のサラダと卵のチャーハンと、キムチと卵のスープをお皿に盛りつけ、アイスコーヒーを用意する。

「できました」

振り向くと、須和さんはレジャーシートの端で正座をしていた。

「ありがとうございます。あの、メニューは」

「コンビニで買った豆のサラダと卵のチャーハンです。あとスーパーで値引きされていたキムチと卵のスープ」

「そうですか」

ためらいがちに、ボストンバッグからマイ箸を取り出す。

「お箸なら、うちにもあります」

キッチンの引き出しに、箸が二膳あった。赤と青の夫婦《めおと》箸。普段は赤しか使っておらず、青は未だにシールが貼られていて、かしこまっている。なぜ、捨てられなかったのだろう。家具よりも思い出の品よりも、即座に処分できたのに、ふたりで生活するはずだった私が可哀想《かわいそう》だと、私はまだ私に同情しているのだろうか。人生のリハビリを共に実践する人もいるのに。

「須和さん、こっちにきてください」

ダイニングテーブルにふたり分の食卓を整えた。べたついたチャーハンと雑なスープ。ランチョンマットも箸置きもない、けれど湯気がたち、あたたかく、平和だ。一見して、とても。

須和さんが困ったように微笑み、レジャーシートで萎縮した。見ひらいた目は私の頰をかすめて、私の耳やうなじをうろつく。赤珊瑚の、情熱を小さくかためたようなピアス。

「じゃあ、私がそっちに行きますね」

「あ、いや、僕が」

「いいんです、私が」

どうしてだろうか。

私は、須和さんを汚したくてたまらなくなった。潔癖症でジャンクフードが苦手で肉欲とは対極にあるふりをしながら、私の、あからさまに性的ではない部分に欲情している、この男を。

「私が」

ダイニングキッチンからリビングへ、大股で歩き、しわがよるのもかまわずにレジャーシートに上がり込む。須和さんの真横でたたずむボストンバッグを乱暴になぎ払うと、ボストンバッグに行儀よくのっかっていたコーチジャケットが床でだらけた。

私が膝立《ひざだ》ちになって迫ると、須和さんがのけぞった。

「恵真さん、僕達は」

「須和さん、私、そういうことをしたいと思っているんです」

「そういうこと?」

「いい歳をした男女がいつまでも何しているんでしょう。本当の意味でリハビリになるなら、そういうことをしてもいいと思うんです」

「恵真さん、僕達は節友です」

「ええ。でも須和さん私に一緒に人生のリハビリをしようって言ったじゃないですか」

言っただろうか。

「それはつまり、節友ではなく……、セ」

「ええ」

「セ……フレになるってことですか」

「え……」

セフレ。セックスフレンド。正しい栄養ではなく、ジャンクフード。でもめぐりめぐって正しい栄養に?

「それは」

ダイニングテーブルの、チャーハンとスープを眺める。私が即席でつくったごはん、欲だけでできたような、ただお腹を満たすだけみたいな、粗野な。でも。

「それは、……いや」

私はやっぱり、融通がきかない。頑愚な性格だ。元彼で失敗したのに、ちっとも学んでいない。

膝が崩《くず》れて、私も正座になった。

「……セフレはいや。でも、ここで私、須和さんとそういうことにならないと、悲しいって思ってるんです。セフレはいやなのに、今、私、私のしたいことをしないのは、死ぬほどつらいって」

涙が込み上げた。身体中の水分があふれ出る。この部屋で、元彼の浮気が発覚しても泣けなかったのに。

ピアスをはずして、壁に投げつけた。

ピアスがふたつ、床を転がる。

「私、全然清潔じゃないし汚い。ごめんなさい、ちっとも潔くなくて。私」

耳にあいた穴が、すうすう痛む。痛いはずないのに、もう、自らあけた穴の傷など、慣れたはずなのに。

須和さんがいきなり、頭を左右に振った。驚いた私がまばたきをする間に、須和さんが両手で私の両耳を挟む。目が、獣《けもの》になっている。

「あの、須和さん、まず除菌したほうがいいですか」

シャワーをあびたほうがいいだろうか。須和さんと私、どっちが先？　一緒？　それとも局部だけ除菌するとか。

「そ、そんなのは、もういい」

須和さんの息が私の唇にかかる。

「須和さん私、三十七なんです」

「え。そ、そんなのも、もういい」

「それに私、本当はここで新婚生活を送るはずで。でも元彼の浮気が発覚して、それで無職になって無気力に。だからこの部屋には何もなくて、私」

「もういいから。黙って」

須和さんが両手で私の耳を挟んだまま、私の顔全部を食べるようにキスしてきた。言葉も空気も奪われてくらくらして、からっぽになる。自分すらなくなって脱力して、誰かに身を任せる恍惚《こうこつ》を思い出した。裏腹に須和さんは力んでいて、ぎこちなくチノパンのベルトをはずしてから、爬虫類《はちゅうるい》みたいに両足を曲げてチノパンを脱ごうと頑張っている。レジャーシートはしわだらけになって、須和さんの額《ひたい》は汗みずくで、使い捨てスリッパは裏返しになってあらぬ方へ蹴飛ばされていた。

キムチの酸っぱい匂いが充満している。清潔でも色っぽくもない、でも香ばしくて好ましい、私達の匂い。私が須和さんの鼻先に鼻先をくっつけると、それが合図とでもいうように、須和さんが私の服に手をかけた。

魂ごと好きなら、奪いなさい。

相手の魂ごと好きなら、という意味ではなかった。自分の魂が、やりたいと、ほしいと叫ぶなら、相手を奪えという意味だ。私にとってはそうだった。やっとわかった。

須和さんが私を好きかとか、どうでもいい。きれいごとではない、ほしいかほしくないか、それだけだ。

レジャーシートに押し倒される。七階の窓からおぼろ雲がのぞく。光の粒子が宙をただよう。私にのしかかる心地のいい重み。須和さんの背中に、私はそっと爪を立てた。


佳月さんから新しい仕事を手伝ってくれと電話がきたのは、須和さんと私がそういうことをした翌日だった。例によって朝、電話で起こされ、私は今、寝ぼけ眼《まなこ》で道中をそぞろ歩いている。三ヶ月以上ぶりにセックスをしたおかげか、昨夜は心身ともにやすらかに眠れたのだ。夕方帰宅した須和さんもおそらくそうで、夜のおやすみＬＩＮＥはいつもより早く、今朝のおはようＬＩＮＥはいつもより遅かった。

昨日、レジャーシートはさまざまな液体でくたびれてしまい、結局破棄するはめになった。なんとなく謝罪してみたものの、須和さんは意に介さずすっきりした顔で、

「これ、いただいていいですか」

とチャーハンを指さした。

「はい。あ、箸」

言うが早いか、須和さんは青い箸のシールをいとも簡単に破った。

「え、あ、これ新品でしたか」

あたふたしつつ、よだれをたらしそうなゆるい表情の須和さんに、私は思わず噴き出した。

「いいんです、今日から須和さん専用です」

「じゃあ、いただきます」

あちこちキスしてキスされて、シャワーもあびていないし除菌もしていない。須和さんも私も、だらしなくシャツを着て、むき出しの顔をしていた。

どうぞ、と返すなり須和さんは猛烈な速さでチャーハンをかきこみ、キムチと卵のスープを吸うように飲んだ。

「ごめんなさい、私、あまり料理が得意じゃなくて」

「おいしいです。僕、ものすごくお腹がすいていたみたいです」

「そうですか」

「あ、お腹がすいているからおいしいという意味ではなく」

「わかります。私も、ものすごくお腹がすいていたんです」

耳朶が心許《こころもと》ないと思ったら、ピアスをはずしたままだった。須和さんが箸を置き、壁際に落ちていたピアスを拾ってきてくれた。

「つけてもらえますか」

須和さんの隣に席を移し、私はうなじをよせ、耳を須和さんに任せたのだ。

それが昨日の出来事だ。

風が私の髪をなびかせ、日差しがまぶたをくすぐる。十時に佳月さんのマンションに到着するなり、

「何かいいことがあったのかしら」

企画書を手渡しながら、佳月さんが目を細めた。

「え、はい。ちょっと、へへ」

へへって気持ち悪いですね、と自嘲《じちょう》しつつ、佳月さんの鋭《するど》さに度肝《どぎも》を抜かれた。いや待て。

「佳月さんも何かいいことがあったんですか」

他人にいいことがあったかと問うのは、当人にもいいことがあって問い返してほしいからではないか。

「ええ。企画書を読んで」

「『柊朱鳥の新刊出版記念サイン会』。十二月、急ですね」

「急遽《きゅうきょ》決定したのよ」

「ていうか、これ、佳月さんの単独企画ですか。柊朱鳥って顔出ししないことで有名ですよね」

「そうなの。私だけにあの人、許してくれたの」

知り合いなのだろうか。思わせぶりな物言いは好きではないので追及はしない。ただひとつ、気がかりな点があった。

「そういえば私、柊朱鳥の本、見ました」

「見たの？　どこで」

「このマンションのゴミ捨て場です。でも、他の住人の本かもしれませんよね」

「たぶん、私の本ね。わかってるの、夫が捨てたのよ」

くすぐったそうに笑って、デスクの上に手を伸ばす。おとなしく鎮座した、クリーム色の犬のぬいぐるみ。

「え」

「本当にばかなの。昔からばかなのよ」

犬をいとおしそうに撫《な》でる。私はさりげなくトートバッグを探り、スマートフォンをタップした。ＬＩＮＥの画面を表示させ、須和さん、私、アルバイト辞めるかも、と素早く打つ。瞬《また》く間に既読になり、恵真さん、どうしたの、何かあった？　と返信がきた。

何かありそうで、こわかったのだ。

何かあったらすぐに言って、と須和さんが連続で返信してくれた。私がデスクに座り、パソコンを操作しはじめても、佳月さんはひとりごとのように語っている。

「でも、ある意味で私、夫を尊敬しているの。どこまで私に執着するのかしら、って」

佳月さんが、抱いていた犬を床に叩きつけ、いきなり足で踏みつけた。何度も何度も、かかとで犬をいたぶる。

呆気《あっけ》にとられた。喉《のど》が渇《かわ》ききって、言葉を失った。

「ばかな魂に免じて私、一緒にいてあげたの。でも」

犬の手足がもがれ、ふたつの黒い目が床にこぼれた。プラスチックの目、ではない。

「佳月さん、それ」

「隠しカメラよ。可哀想に、エリザベス」

エリザベス。犬の名前だろうか。

須和さん、やっぱり私、アルバイト辞めなきゃ。穏便に辞めたいから、今日一日は耐える。頃合《ころあい》を見計《みはか》らってまたLINEをしよう。私は努めて平静を保った。

「佳月さん、私も最近、ほしいものを全力で自分のものにしたんです」

そういえば、柊朱鳥の本にわらべうたの歌詞が引用されていた。


「あの子がほしい」

「あの子じゃわからん」

「相談しましょ、そうしましょ」

本当にほしかったら、相談なんて悠長なことはしていられない。

「私、好きとか、そういう気持ちより先に、ほしくてほしくてたまらなかったんです」

勝手に辞めるお詫びに、私は胸の内をさらけだした。

「そう。よかったわ」

おそらく私が最後に見る、世にも美しい笑顔だった。


十一月の末に、私は事後承諾でアルバイトを辞めた。謝罪と謝礼と給与の振込口座を簡潔にLINEし、すぐに佳月さんのアドレスをブロックした。

『柊朱鳥の新刊出版記念サイン会』は、滞《とどこお》りなく終了したのだろうか。十二月のうちに学芸大学駅周辺から引っ越すつもりの私には、もう興味の対象ではない。


千鳥ヶ淵の両側から覆いかぶさるように咲く桜は、圧巻だった。お花見の名所として親しまれ、ボート乗り場も盛況だ。就活中の私とフリーランスの須和さんは、春休み直前の平日をねらい、スワンボートの争奪戦を切り抜けた。須和さんが先に乗って、あとから乗る私を補助してくれる。

「僕、実はスワンボートははじめてなんです」

「私もです。足でこぐボートもはじめて」

今日の須和さんはポロシャツに斜めがけのショルダーバッグで、とてもかろやかだ。私はデニムパンツにベビーピンクのカットソー、それにフック型の真珠のピアスをつけている。

「ふたりでこぐのは緊張しますね」

「ええ。リズムを合わせないと。あ、ハンドルは須和さんに任せます」

「いや、順番にしましょう」

「そうですね。ていうか、敬語やめませんか」

「そうですね。あ、うん」

あ、うん。須和さんの耳が赤くなったので、私はたまらず、その部分にキスをした。上半身を持ち上げたはずみで、スワンボートが傾ぐ。

「わわ」

「ごめんなさい」

「大丈夫。落ちる時は一緒だし」

須和さんが片手でハンドルを握り、片手で私の手を握る。

須和さんは以前、ゆらゆら揺蕩っていて、結局どこにも行けない感じに癒されると言った。

「須和さん、私達これからどこに行くのかな」

「どこでも。ふたりで、行きつくところまで」

桜の花びらが千鳥ヶ淵を彩る。スワンボートが小刻みにふるえながら進んでいく。

私も片手でハンドルを握った。

わたしのいけない世界

「犬を買いたいの」

お父さん、ではなくパパの膝頭《ひざがしら》に頰《ほお》をこすりつけてわたしは言った。パパはガーデンソファに腰をうずめ、葉巻を吸っている。

黄昏《たそがれ》時のテラスは、はちみつに埋《う》もれたみたいな飴《あめ》色で、わずかにとどく蠟梅《ろうばい》の香りを、際立たせていた。

「佳月。パパもママも、野蛮な生き物は飼いたくないんだ」

「買って。お金があれば買えるでしょう」

と、わたしはパパの太ももに座り、うなじに鼻先をくっつけた。バニラとシナモンが混ざったような、煙の匂い。

パパが、葉巻を灰皿におく。

「そっちの、買って、か」

何のことかわからなかった。

「最近、琉人《りゅうと》が大きい犬を散歩させてるの。クリーム色の外国の犬よ。自慢してるみたいに歩かせてる」

琉人は、何でも持っているわけじゃないのに、わたしより余計に何かを持っているような顔をする。両親をお父さんお母さんではなく、パパママと呼びはじめたのも、琉人が先だった。田舎にきたママが気の毒だから、というのが理由だけれど、いくら東京出身の新しいママが垢《あか》ぬけているといっても、わたしのママのほうが美人だし、ママらしい。

「遠野《とおの》君は後添《のちぞ》えを迎えたからね。いろいろ、気張りたいんだろう」

「気張るために犬を買うの?」

「佳月。別のものなら何でも買ってあげるよ。生き物以外なら、何でも」

パパ。人間も生き物だよね。

「いらない」

わたしはそっぽを向いた。パパが再び葉巻をくゆらす。わたしはこっそりパパの表情をうかがう。パパは目を細め、庭を眺《なが》めた。塀に沿って植えられているのは、金木犀《きんもくせい》と蠟梅、オリーブにユーカリ、ソヨゴにコニファー。女神や天使の石像もある。パパのセンスはでたらめで、庭師も陰で困り果てている。池を造る計画も突然延期して、パパは別の買物をした。

ガレージを大々的にリフォームし、ガレージの下に、箱を埋め込んだのだ。ひと月前の夕方に、北関東を震源地とした地震があった。震度四程度で、接待に呼ばれていたパパも、家にいたママとわたしも無事だったけれど、パパは急に一家の大黒柱ぶって、箱を買ったのだ。人間用の箱を。

パパが葉巻を灰皿に押しつけ、消した。

黄昏時が、テラスから逃げていく。あたりはもうはちみつではなく、水の中で滲《にじ》んだ血みたいにゆらめいている。遠くの山々は、空にくっついた瘡蓋《かさぶた》みたいに赤黒い。

「お父さん、佳月。もうすぐお夕食よ」

背後で、リビングにいるママが呼んだ。わたしはすぐ、パパの太ももから下りた。今夜のごはんはローストビーフにしてって、ママに頼んでおいたのだ。

「ローストビーフも、もと生き物だね」

わたしは言った。パパは苦笑いをして、

「死んでしまえば、食べられるんだがね」

とわたしの頭を撫《な》でた。

早朝、バルコニーへ出ると門柱のところに琉人がいた。わたしと同じ十二歳。犬——ゴールデンレトリバーだ、昨夜インターネットで調べた——もいた。琉人がわたしに何かうったえているけれど、ちっとも聞こえない。まだ夜が明けたばかりで、空気に含まれた寒さの粒が身体《からだ》を刺していく。まだパパもママも寝ているだろう。わたしは、たまたま起きただけだ。

しかたがないので、着替えて外に行く。

「琉人、あんたわたしを待ち伏せしてたの」

「まさか。なんで僕が佳月を待つの。犬の散歩だよ。僕の担当なんだ。ママの言いつけだから」

ふうん、とわたしは犬を一瞥《いちべつ》した。飴玉みたいなまるい目で、犬がわたしを見上げる。

「犬、貸してあげようか」

琉人が薄く笑って、リードを差し出す。

「佳月になら貸してあげてもいい」

特別に、と琉人が唇《くちびる》だけで言う。指先が赤くなっている。リードを譲り受けるふりをして、わたしはわざと、琉人の手を握った。

琉人は、嘘《うそ》つきだ。

「ぼ、僕と手をつないで散歩したいの?」

「ばかなの?」

わたしは琉人の手を振り払い、リードを奪う。犬に視線を移すと、犬は琉人をちらりとうかがってから、わたしに歩調を合わせた。可哀想《かわいそう》に、琉人の付き添いで、かなりの時間、ここにいたのだ。

「ねえ佳月。犬、毎日貸してあげてもいいんだよ」

琉人の手は冷たかった。

「犬犬犬、って。さっきから失礼じゃない？　琉人、あんた、新しいママから息子息子息子、って呼ばれてんの？」

「エリザベス」

琉人が、さもおかしげに身体を曲げた。

「エリザベス一世、じゃなく一歳。エリザベスだって。だっせー。僕じゃないよ、ママがつけたんだ」

エリザベスは女の子なのだ。男子の琉人が従《したが》えているのは、女の子の犬。

「エリザベス、白鷺川《しらさぎがわ》まで行こうか。そしたらUターンね」

白鷺川は町はずれにある川だ。往復で四十分ほどだから、朝ごはんには間に合うし、学校にも遅刻しない。

「白鷺川のあたりは、下層地域だから嫌だな」

「琉人のうちって、そんなにお金持ちだっけ」

「下層ではないよ。ママだってきてくれたし。僕のパパは、僕の中学受験のためにママを見《み》繕《つくろ》ったんだ。東京で」

どうでもよかった。

「中途半端なお金持ちほど自慢したがるって、パパが言ってたわ」

「佳月のパパ、地下シェルターを買ったんだろ。この間、自治会で自慢してたって僕のパパが

「……」

「エリザベス、走ろう」

わたしの足の速さは、小学校で一番だ。成績も容姿も、パパいわくすべてが一番。琉人がわたしに敵《かな》うのは、犬、エリザベスだけなのだ。

「待ってよ、佳月」

昨日の黄昏時に、不穏な色味でこの町を囲んでいた山々が、今朝にはもう知らん顔をして薄い青に染まっている。

エリザベスと連れ立って、あぜ道を走る。両側には畑が広がって、大根やニンジンの葉っぱが風にさらされている。今日という日、きっとわたしとエリザベスがあぜ道の一番のりだ。

畑の終わりに二車線の道路があって、道路に沿ってしばらく進むと、白鷺川がある。昔、白い鷺がひしめき合っていたから、この名がついたという。台風や大雨の日以外は、さほど水かさが増すことはない。浅いはずの川なのに、常に淀《よど》んでいるから、底なし沼みたいなのだ。一度足を踏み入れたら、もう地上には戻れそうにない。川べりには空き缶などのゴミが停滞して

いて、すえた臭いが漂《ただよ》っている。

川のこちら側とあちら側をつなぐのが、白鷺橋だ。白鷺川に似合いの、みすぼらしい橋。いったん足をとめ、白鷺橋のまんなかで眼下を覗《のぞ》く。どぶ色の川面《かわも》にも朝陽《あさひ》は平等にあたり、鱗《うろこ》みたいに輝いている。

エリザベスがわたしの横でおすわりした。

わたしは、エリザベスの頭をそっと撫でた。

琉人はまだこない。情けない奴、と白鷺橋の欄干《らんかん》を背もたれにして深呼吸をした。うちの近辺とは違う空気。

まだ誰もいない、車も通らない。白鷺橋も一番乗りだとひとりで得意気になっていたら、向こうから人がきた。子供だ。髪が少し長いけれど、ズボンをはいているから男の子だろう。

琉人いわくの、下層地域に住んでいるのだ。白鷺川を隔《へだ》てて、あちら側には背の低い住宅しかない。将棋の駒《こま》みたいな形の、小さな県営アパートが連《つら》なっているのだ。しかも全部が、どぶねずみ色。

昼間は、格差が容赦《ようしゃ》なくあらわになって、川みたいに、混ぜて流さない。裏腹に、夜はすべてを包括するのだ。分け隔てなく、全部、真《ま》っ暗闇《くらやみ》の中に。

白鷺橋が、少しゆれた、気がした。エリザベスが立ち上がる。目の前に、向こうからやってきた男の子がいた。白鷺橋の欄干に手をのせて、歩いてきたのだ。わたしをよけて進めばいいのに、しない。服はあちこち汚れていて、身体は心許《こころもと》ないほど痩《や》せている。目だけが瑞々《みずみず》しく潤《うる》んでいた。

置き去りにされた夜に、星が閉じ込められているみたい。生き生きとした小さな光が、そこにはあった。

「さっき、ゆれたよね」

だから、声をかけた。わたしより小柄だけど、よく見ると顔はさほど幼くはない。

男の子が、欄干から手をはなした。

男の子の身体が傾《かし》ぐ。道路側ではなく、欄干側に倒れたので、わたしはとっさに、欄干に手をそえた。男の子の頭がぶつかりそうな位置に。

男の子の髪がそよぐ。

こめかみに痣《あざ》があった。

「……わかりません」

ぶつかることなく、自力で体勢を整《ととの》え男の子は言った。

「佳月」

琉人の声だ。わたしはエリザベスのリードを引っぱった。わたしが欄干から離れると、男の子はよろけながら、欄干に手をのばした。

「佳月、やっと追いついた。僕、走ってきたんだよ」

「ねえ、さっきゆれなかった?」

「あ、うん。ゆれたかも」

「嘘つき」

がむしゃらに走ってきたのなら、ゆれなど感じないはずだ。琉人の頰は紅潮していないし、息も乱れていない。

男の子が、わたしと琉人のわきを過ぎようとした。

「おい、おまえ」

琉人が、男の子の肩を小突《こづ》く。

「おまえの父親、泥棒だろ」

「琉人」

わたしは琉人の手首をつかむ。

「いい加減なこと言うもんじゃないわ」

「いい加減じゃないよ、佳月。パパが言ってたんだ」

「わかりません」

男の子が琉人を睨《にら》みつける。消え入りそうな身体つきなのに、まなざしと声音《こわね》は強かった。

琉人が怯《ひる》んだのを、わたしは見逃《みのが》さなかった。琉人の手首をひねり上げて、男の子から遠ざける。

男の子の毅然《きぜん》とした態度。わかりません、と言った。二回とも、たぶん嘘じゃない。

男の子がふらつきながら歩いていく。

「僕、あいつ知ってる」

わたしが男の子の背中を見送っていたら、琉人がふんと鼻を鳴らした。

「交番に保護されてたんだ。パパが話してた。虐待かも、って」

「あんたのパパって、警視庁勤務じゃなかった？　東京の。それに、見たのはあんたじゃないでしょう」

「たぶん、あいつだよ。こんな朝早くから犬も連れてないのにひとりだけで、胡散臭《うさんくさ》いし。狭い町だもん」

わたしは琉人の手首を振り払った。

「あの子のお父さんが泥棒っていうのはなんなのよ」

「パパが言ってたんだ。ここのところ空き巣騒ぎが多くて、犯人は明日見《あすみ》じゃないかって。前科があるらしいんだ。明日見ってあいつの父親だよ」

「でも証拠はないんでしょう。やっぱりいい加減じゃないの」

嘘つき、と言おうとしたけれど、言えなかった。わたしには泥棒よりも虐待のほうが衝撃だった。男の子の、こめかみの痣。あれは転んだのではない。どう転んでも、あんな痣はできっこない。

わたしは今一度、眼下を覗いた。太陽がいくらか角度を変え、どぶ色の川面から光の切れ端は消えた。川の一日もはじまるんだと、ぼんやり思った。


「佳月。どこに行っていたの、こんな朝早く」

帰宅するなり、ママがわたしの頬を両手で挟んだ。

「琉人と、エリザベスの散歩。エリザベスっていうのは琉人の……」

犬、と言おうとしたら、背後からきつく抱きしめられた。葉巻の匂い、パパだ。

「佳月。朝からパパを放って散歩なんて、ひどいじゃないか。せっかく一緒に入ろうと思ったのに」

「一緒にって？　どこ？」

「地下シェルターだ」

「地下シェルターって？　あ、地下の箱？」

「そうだ。なかなか快適だったよ」

「ずるい、パパひとりで入ったの？　電気はつくの？　トイレは？　ねえパパ、わたしも入りたい」

「電気はこの家とつながっている。トイレは非常用のトイレをセッティングしたよ。空気質測定器も酸素ボンベも入れてある」

「空気質測定器って？　酸素ボンベってなに？　酸素ってそんなにすぐになくなるものなの？」

空気質測定器に酸素ボンベという未知の単語に、わたしは有頂天になった。

「空気質測定器は二酸化炭素を検知する器械だ。酸素ボンベは予備だな。大人三人が十時間過ごせるくらいの酸素は確保できると実証済みだから」

大人三人が十時間、穴倉に潜伏するなんて、授業で習った防空壕《ごう》しか知らない。敵から身を護《まも》るための空間。今、うちにそれがある。

「パパ。わたしも早く入りたい」

「もちろんだ。そのうち備蓄品を買いに行って、一緒に入ろう」

「犬も買ってくれる？」

「お父さん、佳月」

楽しそうに語るパパとは裏腹に、ママは物憂《ものう》げだった。

「お父さん、お風呂じゃあるまいし、不謹慎だわ。あれは非常用でしょう。それに」

ママが顔を伏せる。

「それに……、あまり散財しないでください。ご近所でどう噂《うわさ》されているか」

「散財なもんか。俺は大切な人を守るために、地下シェルターを造ったんだぞ」

大切な人、のところで、パパはわたしとママの肩を抱きよせた。円陣を組むみたいに。

「大切な人？」

「そうだよ、大切な人、大切な命。命を守るための、宝箱なんだ」

パパはわたしに目線を合わせ、わたしの頭を執拗《しつよう》に撫でた。

「佳月、犬はあきらめるのよ」

低い声でわたしを諭《さと》し、ママはダイニングキッチンに戻っていく。琉人の新しいママよりもきれいでママらしいママは、お化粧も薄いし地味だ。

リビングでテレビをつけても、地震のニュースはやっていなかった。地震じゃないとしたら、白鷺橋が古いせいでゆれたのだろうか。でもあの男の子は、「わかりません」と言った。もしかしたら男の子自身の、足元がふらついていたのかもしれない。

ダイニングキッチンから、焦《こ》げたバターの匂いがする。フレンチトーストだ。

パパが、胸ポケットからシガーケースを出す。

「二酸化炭素の吸着剤も必要だな。買うかな」

とつぶやきながら、葉巻に火をつけた。

学校は退屈だ。授業中、わたしはどの教科でもすいすいと答えを出し、同級生が考えている間、窓際の席で頬杖《ほおづえ》をついていた。

　六年生の教室は三階だった。一、二年生が一階、三、四年生が二階、五、六年生が三階だ。低学年は足の筋力が備《そな》わっていないから一階なのか、それとも不用意に飛び降りてしまわないように一階なのか、不明だし、こういう想像は危険だから、言ってはいけないのも知っていた。

　五時間目の授業。校庭で、児童達がドッジボールをしている。体操服のゼッケンは二年二組。

　あの男の子は、何年生だろう。白鷺川のあちら側も、同じ学区内だ。

　虐待。琉人は、おはようと同じ温度で言っていたけれど、子供がむやみに虐待なんて口にしてはいけない。大人もだけど、子供は大人以上に言ってはいけないと思う。

「問題が解《と》けた人、手をあげて」

　教室をひと回りして、先生が言う。数分経過しても挙手する人はいない。

「先生」

　と起立したのは深見千沙子《ふかみちさこ》だった。

「志摩さんの解答が知りたいです」

　わたしには挙手しなくてもいい権利がある、というのは教室内では暗黙の了解だけれど、

「賛成です。志摩さんの無駄のない解答が知りたいです」

続いて立ち上がった井上芙美《いのうえふみ》や、立ち上がらずとも次々に頷《うなず》く他の児童によって、わたし自身が規則になっていた。

「では志摩さん。黒板に数式と解答を書いてください」

先生がわたしの肩を叩《たた》く。わたしは伸びをしてから黒板に向かう。クラスメイトの机を覗き見すると、皆一様にノートを教科書で隠した。できないって可哀想、とわたしは真に気の毒になりながら、チョークを操《あやつ》る。先生が黒板に花丸を描くと、背後で一斉に拍手が起きた。

退屈な繰り返し。終業後、てんでに帰り支度《じたく》をする。琉人がわたしの席にきた。

「佳月。犬、じゃなくてエリザベス貸そうか」

わたしを名前で呼ぶのは、琉人だけだ。

「僕、塾なんだ。でも朝と夕方にエリザベスを散歩させなきゃだし、塾にエリザベスを連れていくのは」

「あんた、面倒くさいんでしょう。大変ね、ママに気に入られるためにエリザベスを可愛《かわい》がらなきゃいけないし。でも塾にも遅刻できないし。いいわよ、わたしがエリザベスを散歩させてあげる」

わたしも、嘘つきだ。本当はわたしも、エリザベスと散歩がしたいのだ。

「白鷺川には行っちゃだめだよ」

「どうして」

「下層がうつる」

「ばかなの?」

くだらない。琉人の物差しは、この町しか基準にしていない。世界はもっと広くて、まんべんなく、照らされているのに。

わたしが教室を飛び出すと、琉人が追いかけてきた。

「佳月、この町で佳月と佳月のうちと付き合えるのは、僕と僕のパパだけだって、知ってるだろ」

わたしと横並びになって、琉人が諭す。廊下を走っているわたし達を、児童はおろか先生もたしなめない。

「エリザベスに、わたしと散歩しようって誘うわ。あんたじゃなく、エリザベスに聞く」

誰も、わたしに逆らえないし、意見もしない。琉人は裸の王様だけど、わたしは違う。わたしは本物の、女王様だ。


琉人のうちに行くと、琉人のママがエリザベスの横で爪《つめ》をいじっていた。おすわりをしたエリザベスの足元にリードがまるまっている。はなから散歩に行くつもりはないらしい。

わたしは事情を話し、シャベルとビニール袋とペットボトルの水が入ったトートバッグを、琉人のママからあずかった。長くてきれいで、役に立ちそうにない爪。

琉人と琉人のママは似た者同士だ。

わたしと歩き出すと、エリザベスはスキップした。わかるのだ、絶対にスキップだと。

地平線から上へ、朱色が燃え上がるみたいににじんで、町と、町の空を侵食していく。どこからか聞こえてくる、『良い子はおうちに帰りましょう』という町内放送。

やがて放送が止むと、わたしとエリザベスは白鷺橋のたもとに来ていた。

「良い子はおうちに帰りましょう」

確認するようにつぶやいた。琉人に言われたからじゃない、ここで引き返さないと、帰宅する頃には日が暮れてしまう。

太陽は公平に世界を照らすのに、夜は一転して闇の鉄格子《てつごうし》になるのだ。ここから外に出ないようにと、忠告するように。

向きを変えようとしたら、エリザベスが吠《ほ》えた。尻尾《しっぽ》を振って、あちら側を目指して駆けていく。わたしは、リードにひっぱられつんのめりそうになりながら走った。

橋のまんなかに、あの男の子が倒れていた。

目をとじた横顔は、眠っているようだった。

エリザベスが、男の子の頬を舐《な》めた。こめかみには痣と、茶色く丸い染《し》みが点在している。

上着もズボンの裾《すそ》もほつれているし、薄汚れたスニーカーもサイズが合っていないのか、かかとの部分が折れていた。

グーになった手が、とても白い。力任せに何かを握りしめている。


「交番に保護されてたんだ。パパが話してた。虐待かも、って」


昨日、琉人が、忌々《いまいま》しそうに鼻を鳴らしていた。

交番が保護したのに、なぜ、さらに悪い状態でここにいるのだろう。

琉人は、胡散臭いと吐き捨てたけれど、まともじゃないのは、この子の親や警察のほうだ。

おそるおそる、男の子のまぶたに指を這《は》わせる。長いまつ毛がふるえた。

わたしの指もふるえた。

男の子の、ひらかれた目は暗闇なのに、やっぱり星があるみたいだった。生き生きとした小さな光。

「……昨日も会った」

男の子が吐息《といき》まじりに言った。精いっぱい、身体を起こそうとして、顔全部で笑った。ひび割れたような笑顔に、わたしは苦しくなった。

「……この子、名前、なんていうの」

わたしではなく、エリザベスを見つめた。

「この子のこと?」

「うん。この子のこと」

犬とは言わなかった。

「この子は、エリザベス」

そうか。わたしではなく、エリザベスに心を許したのだ。わたしは、男の子を支えるのも忘れて、男の子の頰を舐めた。エリザベスがしたように。

「わたしは、志摩佳月」

白鷺橋で、夕間暮れが去っていく。こちら側とあちら側がまとまる。夜の直前は、何という時間だっただろう。

「……知ってる」

知っている。わたしを?

言い終わると男の子は目をつむり、抜け殻のようになった。


どうしてこんなことができたのだろう。

わたしは男の子を引きずって帰宅した。男の子は完全には意識を失っていなかったから、わたしに身体をあずけながらも、なんとか歩いてくれた。

いったん、男の子を庭の植え込みによりかからせて、琉人のうちにエリザベスを届けた。

「琉人さんはまだ帰っていないのよ。とうに塾は終わっている時間なのに」

こぼしながら、琉人のママが車で送ってくれた。エリザベスの散歩のせいでわたしの帰宅が遅くなったと勘違いした琉人のママは、しきりにママに謝罪していた。お人よしのママも琉人のママをもてなしてくれている。わたしは、パパが下駄箱に置きっぱなしにした地下シェルターの鍵とガレージのリモコンを、ポケットにしのばせた。

植え込みに戻ると、男の子は目を覚ましていて、心細そうにひざを抱えている。

「大丈夫よ」

わたしは言った。

「ぼく、買物しなきゃなんだ。……お酒を」

「大丈夫よ」

わたしは着ていたコートを男の子に羽織《はお》らせた。

「ここどこ」

「大丈夫よ」

イヌヲカイタイノ

自分の声が、頭の中でこだました。

「大丈夫よ」

ダイジョウブヨ。わたしは壊れたみたいに繰り返し、男の子の手を握った。ずっと、グーになった手。

ガレージの入口で、男の子はやっと手の力を抜いた。

五百円玉が、月明かりに反射する。

「これでお酒を買うの？　買うように言われたの？　ばかみたい。パパの葉巻一本のほうがずっと高い」

「ぼくはばかなの？」

ばかなの？

わたしが琉人に放った言葉。

「ばかなのはお酒を買うように言った誰かよ」

「お父さん？」

「君、いくつ？」

「七歳」

まだ一桁の年齢の子供にお酒を買いにいかせる親と、服は小さいのに痣が大きい子。

あべこべだ。男の子のお父さんも、交番も警察も、まともじゃない。

リモコンで、ガレージのシャッターをあけた。広い庭と頑丈な家のおかげで、音は漏《も》れない。

リフォームしてから、ガレージの奥までつぶさに見るのは初めてだった。一番端があいていて、五台あった車が四台に減っている。パパのとっておきの車があったところ、その角に、正方形のふたがあった。コンクリートの地面にふたがあるなんて、地球の底までつながっているみたい。

ガレージの壁に沿って、スチール棚が設置してある。工具とともに、真新しい懐中電灯が三つあった。

「大丈夫よ」

懐中電灯を手に、わたしはふた仕様の扉の取っ手に手をかけた。かなり重厚にできていて、数センチしか持ち上がらない。わたしの心も重くなったけれど、ここで挫折《ざせつ》するわけにはいかない。しかたがないので懐中電灯を傍《かたわ》らに置き、両手で取っ手をつかんだ。息を止め、力任せに引っぱると持ち上がった。が、ふたは二重になっていた。二枚目のふたのまんなかに、数センチ角のつまみがある。

懐中電灯でガレージ中を照らす。スチールの棚に、車のハンドルのような形の鉄の器具があった。そうだ、このつまみはネジだ。ハンドルをつまみにあてると、すんなりとはまった。あとは簡単だった。ハンドルはおもしろいように回り、やがてカチリという音がした。

あいた。

息が弾んでいた。

二枚目の扉は思いのほか軽くて、わたしの心もたちまち軽くなった。地上から地下へ梯子《はしご》がさがっている。わたしは梯子に座り、懐中電灯で四方を確認した。部屋は予想外に広く、六畳はゆうにありそうだった。両側の壁はかすかに湾曲していて宇宙船のようだけど、当然、窓はない。部屋の片側に、わたしの身長くらいのテントが設置してある。あれがパパが言っていた、非常用のトイレだろう。非常時だって、むきだしのトイレなんて嫌だもの。すごい、壁には空気質測定器らしきものが埋め込んであるし、酸素ボンベも横たわっている。長期保存水のペットボトルや長期備蓄用のおかゆ、パン缶もある。生活全部が凝縮されているのだ。うしろめたさを超越し、興奮でぞくぞくした。

一段一段、梯子をおりる。足がすくむと心配したのに、わたしはわたしが想像するより強くて、勇敢だった。わたしが弱気になれば、男の子はきっと、まともじゃない人たちのほうへ吸い込まれてしまう。

梯子をのぼり、ふたに腰かけて、男の子を手招きする。

「こっちに来て」

男の子は自分をまるごとなくしてしまうように、ぎゅっと膝を抱えていた。仄暗《ほのぐら》さの中、男の子の目がわたしをとらえる。大きな目は、今まで何もかも受け止めてきたのだろうか。痣も傷も痛みもすべて。

「大丈夫だから」

両手を広げて伸ばす。男の子はもしかしたら、わたしよりもエリザベスを信頼しているかもしれない。しゃべれないからこそ、まなざしで真意をくみとる。わたしが琉人よりもエリザベスを信頼するように。わたしは唇を結んだ。

男の子が、膝を抱えた手をわずかにゆるめた。

「君、名前、なんていうの」

男の子、だなんて失礼だ。ずっと失礼のしどおしだった。うかつだった。

「あすみしゅう」

男の子が一語一語、きちんと言った。

「……しゅう……」

わたしのつぶやきに、しゅうは律儀に頷き返す。

「明日見、柊《しゅう》。柊は、ひいらぎっていう字」

「ひいらぎ……。わたしは佳月。佳はにんべんと、横に土がふたつ。月はお月様の」

「うん」

柊が、わたしの手に右手を伸ばす。

「知ってる」

わたしを、知っているのだ。

唾《つば》を飲み込む。

「柊」

名前を声にのせたら、胸が破裂しそうになった。


タイセツナヒト、タイセツナイノチ。イノチヲマモルタメノ、タカラバコナンダ。


「柊君。今日からここが、柊君のうちよ」

柊が、地下シェルターをのぞきこむ。わたしは再び梯子をおり、地下シェルターに足をつけてから、手がつりそうなほど、柊に手を伸ばした。

柊は、頷かなかった。代わりに、わたしの手を握り返した。

「わたしが、守ってあげる」

柊の手が強くて熱い。

「柊君。片足ずつ、ゆっくりでいいからおりて」

柊の手が汗ばむ。わたしは柊の手を握り返す。

「大丈夫よ」

柊がわたしの手を握ったまま、梯子をおりてくる。わたしは身震いした。こわいのでもなく、緊張していたのでもない。

全身に鳥肌が立ち、くすぐったくてたまらないほど、うれしかったのだ。

「パパはいつ出張から帰ってくるの？」

翌朝、わたしはいつもどおり目覚めた。

ダイニングテーブルには、カットしたフルーツと目玉焼きと紅茶と、カゴに盛られた食パンが数枚。

「出張っていっても道楽半分よ。今週末か来週には帰ってくるんじゃないかしら」

背中でため息をつきながら、ママはボウルで粉や卵を混ぜている。お金持ちはお金に比例して付き合いが多くなる、というのはパパの口癖だけど、ママにも余波が及んでいて、今日は婦人会に出席しなければならないのだ。

「ふうん」

ママの目を盗み、わたしは食パン二枚にそれぞれピーナッツバターとブルーベリージャムをぬって、サンドイッチにした。ママが、クッキングシートにクッキーの生地《きじ》を絞《しぼ》り出す。婦人会用のお茶菓子だろう。オーブンにセットして、ママが小走りでキッチンを出ていくのを見届けると、わたしは素早くサンドイッチとフルーツをラップに包み、ティーポットの紅茶を水筒に移した。戸棚からビスケットとミネラルウォーター、救急箱から傷用の塗り薬をくすねて、自分の部屋に持ち込む。ピアノのレッスンバッグにそれらを詰《つ》めた。

ダイニングテーブルで、冷めた目玉焼きにフォークを刺す。

「佳月、ママ今日ちょっと遅くなるかもしれないから、夕食は作っておいたわ。冷蔵庫にあるから、お腹《なか》がすいたら先に食べて。おやつもあるけど」

お化粧をしたママが、浮かない様子で言いつける。

「家政婦さんに来てもらいたいけど、急だもの、都合がつくかどうか」

「いらないわ。子供じゃないし」

はやる心で、ママの言葉を遮《さえぎ》った。大切なものを守るためには子供でいられない。ママは呆《あっ》気《け》にとられていた。

学校に行くふりをして、地下シェルターに入った。壁には電気のスイッチもあったけれど、うちとつながっているためママにばれてしまいそうで使えない。

昨夜、懐中電灯をここに置いておかなかったことを後悔した。柊は部屋のすみっこで、壁に身体を押しつけるようにして眠りこけていた。わたしのコートを布団《ふとん》代わりに、消え入りそうに身体をまるめている。わたしが柊の顔へ懐中電灯を向けても、皮膚もまつ毛も反応しない。

死んだみたいに、安らかだ。出会ったばかりのわたしに連れてこられて、未知の箱に保護されて、これ以上ない闇にひとりでいたのに、涙のあとはない。

死んだみたいに、なんて、軽々しく思ってはいけない。でもそれ以外に思いつかないのだ。死んだみたいに安らかだということは、生きていて安らかではなかったということだ。

こめかみの、茶色く小さな丸に薬をぬる。たぶん、煙草《たばこ》の火傷《やけど》だ。パパが絨毯《じゅうたん》に葉巻を落とした時、こんな焦げ跡がついた。

柊が、目をあけた。静かに目を大きくあけて、音もたてずにぎこちなく半身を起こした。七歳なのに、不気味な目覚め方をする。もっとお布団にもぐっていたいとか、まどろむとか、ないのだろうか。

今日中にお布団を運ばなければ、と即座に思いなおして、わたしは柊の肩にわたしのコートをかけなおした。

「お腹がすいたでしょう。朝ごはん食べて」

水筒から紅茶をそそぎ、ハンカチの上にサンドイッチをのせる。柊は目を伏せて、両手をグーにした。

「……食べていいの？　怒らない？」

「どうして怒るの。食べていいのよ、全部」

「全部？　ぶたない？」

「ぶつわけないでしょう」

つい、声を荒《あら》らげてしまった。柊に対してではない。柊にこんなふうにこたえさせる、大人に対してだ。

柊は、腰のあたりをゆすった。

「どうしたの」

「……おしっこ」

そうだ、トイレ。エリザベスだって散歩中にトイレをした。柊だって、おしっこもうんちもするのだ。

「柊君。トイレは……」

テントのファスナーを引き下げると、プラスチックのバケツに便器をのせた、簡易トイレが出てきた。バケツに黒のビニール袋が敷いてあって、ビニール袋の予備や凝固剤やトイレットペーパーも置いてある。

柊が立ち上がったのと同時に、わたしは柊の肩を両手でつかむ。柊が一瞬、身構えた。わたしは息をのんで、手の力をゆるめた。

「慣れないかもしれないけど、このトイレで我慢して」

涙で覆《おお》われた目で、柊がわたしをとらえる。声を上げたり、泣いたりすれば、怒られたのだろうか、殴られたのだろうか。

「トイレは好きに使っていいから」

柊は目で返事をし、おもむろにズボンをおろした。わたしはすぐさまテントのファスナーを引き上げた。

テント越しにおしっこの音が聞こえてくる。解放されたような音。エリザベスが道端でおしっこするのはとても無防備で、自由だった。さっき柊がしたように、恥ずかしさのかけらもなくて、清々《すがすが》しかった。

おしっこの音がやむ。トイレの後始末は、エリザベスの時と同じくわたしがやるのだ。凝固剤を投入して、ビニール袋を取り替える。固まったおしっこを家のトイレに流す。生活するのはずいぶんと手間がかかるのだ。でもここにいるかぎり、柊はわたしなしでは生活できない。ううん、わたしなしでは生きられないのだ。わたしがすみやかにやらなければ、柊を無断でかくまったのがパパやママにばれてしまう。

「終わったら、そのままにしておいてね。手も、わたしが洗ってあげる」

おずおずとテントをあけて、柊が両手をわたしに差し出す。わたしはペットボトルの水でハンカチをぬらし、柊の両手を拭《ふ》いてあげた。

ティッシュの上に移したサンドイッチを、柊がやっと食べた。上目遣《うわめづか》いでわたしをうかがいながら、ゆっくりかじる。

「おいしい？　ねえ、柊君は食べもので何が好き？　わたしはお肉が好き。牛肉が一番かな。きっとエリザベスもお肉が好きだと思う。大きな犬だし、外国生まれだしね。お菓子は？　わたしはチーズケーキが一番好き。このへんのケーキ屋にはいちごショートかチョコレートケーキしかないけど、クリームでごてごて飾りつけたケーキって、安っぽくていや。平らで黄色くて、一見つまんないチーズケーキのほうが、うんと高級なのよ。パパがね、いつも東京や神戸や京都で買ってきてくれるの」

柊は小刻《こきざ》みに頷きながら、ひたむきにサンドイッチを食べ、とうとう咽《む》せてしまった。わたしは柊に紅茶の水筒を握らせ、

「わたし、黙っていたほうがいい？　エリザベスみたいに」

ご機嫌をとるように、柊の顔をのぞきこんだ。柊は一瞬、すがるようなまなざしをして首を振り、

「……一番好きな食べものは、……これ」

ひと口大まで小さくなったサンドイッチを、凝視した。

「……なんていう食べものかわからないけど」

つぶやいたとたん、涙をこぼした。柊はやっと泣けたんだと思った。今まで、心も身体も凍りついて、固まっていたのだ。

「ピーナッツバター&ジェリーサンド、っていうの」

「……ピーナッツ……？」

柊の頬にブルーベリージャムがくっついていたので、わたしは舐めてきれいにしてあげた。涙の塩味とジャムの甘さが舌をぬらす。

「柊君は、ここにいればいいわ。怒ったり殴ったりするところには、帰らなくていいの。必要なものは持ってくる。大丈夫よ、わたしは女の子だけど、ズボンも持ってるから」

柊の頬を両手で挟み、柊のつむじに鼻をよせた。

白鷺川と同じすえた臭いがした。


柊に懐中電灯をふたつ託《たく》し、わたしは学校とは別の道を急いだ。白鷺橋のあちら側を調査するのだ。柊の父親が柊を捜していないかどうか。

柊は不思議と、暗闇をこわがらなかった。「明るくて人の顔がよく見えるほうがこわい」とうつむいた。わたしの顔には、懐中電灯のせいで陰影がついていたのだろう。初対面は朝もやの中で、再会は夜の直前だった。そうだ、逢魔《おうま》が時《とき》というのだ。

登校時間にひとりでふらつくのは怪《あや》しまれる。マスクをして前屈《まえかが》みになり、速足で歩く。白鷺橋を渡り切るのは、勇気が必要だった。でもここだけは大股で、一歩一歩を踏みつけた。もう後には引けないというように。

地面の土と雑草の割合は、こちら側のほうが多い。顔を上げて振り返る。アスファルトで舗装された道路が、かすかに見えた。

早く決行しなければ。あてずっぽうに進むも、細い路地は閑散としているし、点在している背の低い住宅、将棋の駒というより、廃棄処理寸前の段ボールみたいな県営アパートは、どこも雨戸がしめられている。

自分が地球に残されたただひとりになったようで、はじめて足がすくんだ。マスクをはずして振り返る。どぶ臭さがミミズみたいに鼻に侵入して、身体の中の水分を口から全部吐き出しそうになった。なぜわたしが、呼吸するだけで痛めつけられなければならないのか。ちっぽけな田舎町で、戦争もなくて、太陽も空も空気も平等なはずなのに、なぜこちら側の人々は陰に隠れているのだろう。地下につくったシェルターじゃないのに、地上に建っている家なのに、極限まで暗い。マスクなんかしなくても、学校をサボっていても、こちら側では無関心だ。だってみんな、いないふうを装《よそお》っているのだから。

柊は、父親からお酒を買ってこいと命令された。酒屋や小売店はこちら側にもあるだろうに、白鷺橋を渡ろうとしたのは、柊のうちが白鷺川に近いからではないか。

電信柱にはゴミが山積みになっている。ゴミの分別看板が括《くく》りつけられているけれど、ゴミの収集日ではないし、空き缶や空き瓶まで散乱している。反射的に後退《あとずさ》りしたら、何かにぶつかった。

「邪魔だ、どけ」

どすのきいた声で、背後にいるのが男の人だとわかった。次の瞬間、わたしは地面に転倒していた。男がわたしを突き飛ばしたのだ。痛みも恐怖もない。ただ脅威だった。

大柄な男が、ゴミを漁《あさ》っている。薄汚れた作業着で、節《ふし》くれだった手で、空き缶を逆さにし、たれた雫《しずく》をすすった。何本もの酒瓶を交互に振る。かすかに水音がした酒瓶を、男は意気《いき》揚々《ようよう》と小脇に抱えた。

「……泥棒」

服についた土ぼこりを払い、わたしは立ち上がった。心臓が暴れている。

男が振り向く。縮れた白髪《しらが》まじりの髪に無精《ぶしょう》ひげ、脂にまみれた顔。

唾を飲み込んで、わたしは男を睨みつけた。男が酒瓶を口に含む。男の喉《のど》が上下する。

「泥棒」

怯んではいけない。わたしは男の腕にかみつき、酒瓶を奪った。

「このガキ」

男は手を振り上げたが、

「なんだ、よく見たら資産家の娘じゃねえか」

急ににやけて、前屈みになった。

白鷺川と同じ臭い。

「志摩のところの娘だろ」

不意をついて、わたしは男の脛《すね》を蹴った。男は足をすべらせ、電信柱にぶつかった。空き缶や空き瓶が方々に転がる。

わたしは無我夢中で走り、一度たりとも振り向かなかった。

学校へ行く気はすっかり失せたけれど、無断で欠席するのはさすがにまずい。白鷺川のあちら側から学校へ直行し、ぎりぎり二時間目の授業にすべりこんだ。

「遅刻してすいません」

教壇に立った先生よりも先に、わたしは堂々と会釈をした。事情を探られる前にへつらってしまえば万事収まるのだ。柊のお父さんと接触して、わたしの頭は熱くなりすぎて妙に冷えていた。星の表面温度が高いほど、星の色が青白くなるように。

五時間目まで耐えて、わたしは早急に帰宅した。ママが留守でよかった、と安堵《あんど》してリビングの時計を見ると十四時すぎている。きっと柊もお腹がすいているに違いない。食事を持っていかなければ、とわたしは冷蔵庫を物色した。パパがお取り寄せした外国のソーセージとハム、コッペパン、ケチャップ。ポットのお湯をそそいだ水筒、粉末のココア、ペーパーナプキン、紙コップ、それにゴミ捨て場から奪ってきた酒瓶を紙袋に詰める。二階の自分の部屋から古い毛布と、きつくなったズボンとセーター、読んでしまった本や漫画を持ってきた。予備の水として、戸棚からペットボトルも出した。家の中なのに、冒険している気分だ。

ママはパパの仕事のせいで頻繁に外出する。パパはいくつも会社を経営していて、会議や催《もよお》しに引っ張りだこだ。パパの不在時にはママが出席しなければならない。ママはたいていわたしの下校時刻までには帰宅しているけれど、今日は遅くなると言っていた。むしろ今は、とても好都合だ。

両手で荷物を抱え、地下シェルターの二枚目のふたをノックする。梯子をおりながら懐中電灯をつけると、柊はわたしのコートを着たまま、膝を抱えていた。

「柊君、お腹すいたよね」

柊は頷き、コートを脱いだ。不器用にたたんで、わたしに返す。

「柊君、これ、毛布と服。好きに使ってね」

わたしはコッペパンをふたつに割き、ケチャップをかけてからソーセージとハムを挟んだ。柊に渡すと、柊はおずおずと食べはじめた。小さな口で嚙《か》みながら、時折、許しを請《こ》うようにわたしに向けてまばたきをする。

「たくさん食べていいのよ」

柊にお腹いっぱいになってもらうため、わたしは微笑《ほほえ》んでいなくてはならなかった。わたしもお腹がすいていたけれど、柊のまばたきがわたしを満足させていた。

「柊君。この瓶、知ってる？」

食後にココアをふたつ作った。三つの懐中電灯を、天井を照らすように床に立てる。相手を直接照らすよりも、こうしたほうが明るさはやわらぐ。

「知ってる。お父さんが好きなお酒」

「お父さんって、白髪があって髪が縮れてててひげ生えてて、身体が大きくて、汚れた作業服の人?」

「うん。どうして知ってるの」

「柊君は、どうしてわたしを知ってたの? わたし達、初めて会ったよね?」

「お父さんが、資産家の家族だって言ってた。新聞に載ってた」

資産家の家族、資産家の娘。新聞。パパが寄付金活動をしたり、遠方の山や土地を売却してリゾート開拓するたびに、家族ぐるみで地方紙や地方局の取材を受けた。

「……だから、わたしについてきたの?」

たとえ子供同士でも、他人だったら少しは警戒心をのぞかせたはずだ。野良犬だって人間に危害を加えるのは警戒心からで、それを理解しない大人達が保健所に通報してしまう。柊は写真でしか知らなかったわたしを、ひと目で味方と認めた。

「柊は賢《かしこ》いのね」

エリザベスより賢い。わたしは柊の頭に唇をくっつけた。白鷺川と同じ臭いを、胸いっぱいに吸い込む。

「……僕、はじめてすごく眠った。いつも、気がつくと寝ているか、寝たふりしているんだ。変なふうに起きると蹴られたり、物を投げられる。いつも、いないように起きて、息も我慢して静かにしてた」

「変なふうに起きるって、目をこすったり、お布団の中でもぞもぞしたりすること？　そっちが普通よ。いないように起きるほうが変なのよ。……ねえ、柊。服を脱いで」

「え……」

「柊。服を脱ぐの。ずっとお風呂に入ってないでしょう。お風呂は無理だけど、わたしが身体を拭いてあげる」

「でも、……おしっこ」

両手で、股の間を押さえている。わたしが来るまで、柊はおしっこを我慢していたのかもしれない。

「柊はいい子ね」

いつしか、わたしは柊を呼び捨てにしていた。

「いい子だから、わたしにおしっこするところを見せて」

「え？」

「柊のためよ。わたしが柊のことを守るために、柊のこと全部知っておきたいの」

わたしはどうしても、ガラスにくっついた水滴みたいに儚《はかな》い柊を、好き勝手に扱いたくなった。わたしのほうがまだ熱っぽくて、現実味がない。柊にふれれば夢みたいに消えてしまいそうだから、かえって大胆になれたのだろうか。

もし柊が消えたとしても、言うことを聞かせたい。

ためらいつつ、柊はズボンのファスナーを下げた。わたしはテントをあけっぱなしにして、トイレの前でしゃがみ、おしっこをする柊を、頬杖をついて眺めた。女子と男子で、おしっこのやりかたは違うし、トイレですることは見せ合うものじゃない。誰におしえてもらうでもなく、ぼんやりと植えつけられている。でもわたしは柊のすみずみを見たかった。まともじゃない大人から保護するために、わたしは柊の全部を自分のものにしなければならないのだ。

「柊、終わったらこっちにきて。パンツもズボンも、服は全部脱いで」

太陽の下でも、蛍光灯の下でもない。中途半端な明るさが、わたしを大胆にした。怒ったりぶったりしないかぎり、柊はわたしに従う。もとより、柊には羞恥心《しゅうち》が欠落していたのかもしれない。

裸になった柊は、よろけもせずにきちんと立っていた。栄養が行き渡ったばかりだからなのか弱々しくはない。けれどどこか危《あや》うい。玩具屋《おもちゃ》さんで気まぐれに買われて捨てられた、着せ替え人形みたいだ。つるりとしてきれいなのに、背中にも痣と傷があった。蹴られたり、物を投げられた痕《あと》だろうか。

まともじゃない、と唇をかむ。首を振り、水筒に入れたお湯で注意深くタオルを湿《しめ》らせた。暖房がないから、手早くすませなければ風邪をひかせてしまう。左手で柊の肩を支え、右手で柊の首筋にタオルを滑らす。自分の身体を拭くのとは勝手が違って、力加減が難しく、それは柊も同じようで、直立不動の柊と中腰のわたしとで、一緒にくずおれてしまいそうになった。柊より子供じゃないわたしが頑張らなくてはと、わたしは柊を毛布に横たえ、ふくらはぎから太もも、脚の付け根を拭いてあげた。人の身体は、思いのほかくぼみが多い。柊は意志がないみたいに、おとなしかった。柊が拒《こば》んでいないのは、皮膚から伝わる。寒くない？　痛くない？　大丈夫よ。柊の鼓動や呼吸を指で感じながら、何度も聞いた。

「大丈夫よ」

違う。わたしは、自分に言い聞かせているのだ。柊の身体がかすかに脈打つたびに、これは正しいのだと自分の心に刻みつける。わたしは柊を、まともじゃない大人から守っている。

柊がくしゃみをした。

条件反射で、わたしが身体を離すと、

「ぶたないで」

柊が裸のまま屈んだ。ぶたないで、ぶたないで。踏みつぶされる直前の虫みたいに、柊は頭を押さえてうめいた。わたしは柊を抱きしめて、全身を両手でさすった。ついさっき、あたためたタオルをあてたばかりなのに、もう冷えている背中を、背中の痣や傷に頬をすりよせる。人の身体は服がないとこんなに脆《もろ》くて、消え入りそうにあっけない。エリザベスは毛でおおわれているから、生まれたままでも自分を守ることができる。人は裸で生まれるから、誰かに守られないと生きていけない。わたしは急いで柊に服を着せた。

「ごめんね」

柊の両手を、両手で握りしめる。柊が泣きそうに、笑った。

「ごめんね、柊」

パパやママ以外の人に初めて、わたしは謝罪したのだ。

「……ごめんなさい、佳月さん」

ごめんなさい、が、ありがとうに聞こえた。

柊が、初めて言葉でわたしを許し、名前を呼んだ。わたしは泣いた。うれしいのか楽しいのか、悲しいのかわからない。ただ身体中の、わたしの中のあたたかい水分が柊をまるごとあたためればいいと、わたしの全部で思ったのだ。


朝、わたしはママよりも早起きになった。四時や五時には目が覚めてしまう。柊に会いたくてしかたないのだ。できれば柊を連れて散歩したい。早朝か夕方ならそれが叶うだろうか。

「柊、息苦しくない？」

学校へ行ったと見せかけて、わたしは地下シェルターにもぐりこんだ。柊は体育座りをして本を読んでいる。

「うん」

本に没頭しているらしく、顔を上げずに返事をした。

酸素はまだ保たれているらしい。できれば酸素ボンベは使いたくない。

柊が読んでいるのは、『トムは真夜中の庭で』だ。懐中電灯をふたつ天井に向け、わたしが持っていたもうひとつで文字を照らしている。

「柊、外に出たい？」

わたしも柊にならって体育座りをした。膝の上に顎《あご》をのせ、柊と向き合う。

柊が顔を上げ、

「どうしてそんなことを言うの」

悲しげに首を傾げた。

柊とわたしの間には、紙皿にのせたピーナッツバター&ジェリーサンドと紙パック入りの果汁百パーセントりんごジュースがある。わたしがこっそり作って持ってきたものだ。

「外の様子が気にならない？　今が朝か昼か夜なのか。それと……」

「時計があるからわかるし、朝と夕方は佳月さんがきてくれるからわかる」

時計は家の物置にあった贈答品だ。もはや非常事態が日常になりつつあった。

「お父さんに会いたいと思う？」

パパが明日帰ってくる。昨夜、出張先から電話がかかってきたのだ。佳月、パパがいなくてさみしかっただろう、三日も留守にしてしまったね。

柊はただうつむいた。

「その本、おもしろい？　もっといろいろ持ってきてあげる」

柊は頭がいい。対象年齢が小学高学年の本をすいすい読んでしまう。

「ねえ、柊は何年何組なの？」

柊は無断で学校を休んでいる。担任が不審がっているかもしれない。

「一年二組。でもずっと行ってない」

「行きたい？　いつから行ってないの？　ここに来る前から？」

柊はうつむいたまま、両手をグーにした。

「わたし、黙っていたほうがいい？　エリザベスみたいに」

「しゃべって」

柊が、グーにした両手をわたしに差し出す。

「しゃべってほしい」

力任せに握っているのだろう、柊の両手が白い。

懐中電灯の光が点滅した。天井を向いたふたつも、柊の横に転がっているひとつも、息絶え
そうに明るさをふりしぼる。

「お父さんに、会いたい？」

「……僕、ここにいてはいけないの？」

「いていいのよ」

柊は、ここにいるべきだ。安全で安心な、宝箱みたいな箱。わたしが作り上げた、わたしだけの世界にいるべきなのだ。

懐中電灯がすべて消えた。暗闇を超えた無が、わたしを取り囲んだ。目をとじてもひらいても無一色で、自分の姿も見えなくて、あるのはわたしがここにいる感触だけで、でもそれを証明できない。いきなりわたしだけがどこかの果てに飛ばされたのではないか。

わたしが正しくて、いけないことをしたから。

「……こわい」

自分で自分を抱きしめた。パパもママもいない、光もない。わたしを確認してくれるものが何もない。わたしは、わたしだけでは女王様でも何でもない。

ただのちっぽけな、ひとりだ。

「大丈夫」

湿り気のある柊の息で、わたしの耳が生き返る。

「僕、暗くても少し見えるんだ」

柊の手が、グーだったはずの手がひらかれ、わたしの膝にのせられた。あたたかかった。おそるおそる、指で柊の手から腕をたどり、柊の髪にふれた。柊の身体からはもう、白鷺川の臭いはしない。柊からはきつと、わたしと同じ匂いがする。

「大丈夫だよ」

柊の声がわたしの首筋をぬらす。真っ暗闇の中で、柊だけがわたしを示す存在で、わたしだけが柊を示す存在だった。

「柊が……ほしい」

おぼろげにわたしは言った。言った直後に、わたしはわたしがこわくなった。意味もわからないのに、とてもいけないことだと本能で感じた。

「柊にずっといてほしい」

だから自分に言い含めるように、言いなおした。

「柊にずっといてほしいの」

ここにいてほしい。それも本音で、そう願うということは、そうならないということも知っていた。やがて暗さに目が慣れ、柊が永遠みたいに微笑んでいるのがわかった。

夢みたいに。


遠くでエリザベスが吠えている。わかるのだ、他の犬ではなくエリザベスだと。ベッドで寝返りをうち、枕元のスタンドを点《つ》けたらまだ朝の五時前だった。

コートにマフラーに手袋、完全防備で外に出る。

門柱のところに、エリザベスと琉人がいた。

「佳月。最近なんで学校遅刻するの？　なんで僕と散歩しないの？」

「あんたと散歩なんかしないわ」

「なんでエリザベスと散歩しないの？」

「エリザベスには毛が生えているからよ」

「意味わかんねー」

琉人が地団駄《じだんだ》を踏む。わたしは琉人を無視して、エリザベスの頭を撫でた。エリザベスが、わたしの足に頭をこすりつける。

「佳月。なんで黙ってんの？　ばかなの？　って言わないの？」

「帰って。わたし忙しいの」

「とっておきの情報があるんだ。パパが昨夜話してたんだけど」

鬱陶《うっとう》しかった。わたしはしゃがんで、エリザベスと目線を合わせた。

「聞きたくないの？」

「聞かせたいんでしょう。勝手に言えば」

「あいつ、いなくなったらしいよ。覚えてる？　白鷺川にいた、虐待されてた子」

地平線が白みはじめる。明け方前の町は、影絵みたいに静かだ。

「……いなくなったって、どういうこと」

「あれ、佳月のパパが言ってなかった？　虐待されてた子の父親は佳月のパパの建築会社に雇われてたって。日雇いってやつ。息子がいなくなった、って現場や交番で騒いだらしいよ」

「……ふうん」

町は、じきに太陽のもとにさらされる。こちら側もあちら側もくまなく、あらわになる。

「わたしには関係ない。帰って」

「ふうん」

琉人が、エリザベスのリードを宙に放ち、しっしと手で追い払った。

「あんた、何してんの」

エリザベスがこちらを振り返りつつ、歩いていく。

「エリザベス。先に白鷺川まで行け」

琉人が声を張り上げて命令し、足で蹴るまねをする。ママが起きてしまうかもしれない。

「帰ってよ」

わたしは琉人の腕をひねり上げた。琉人はびくともせず、いやらしく笑った。

「佳月が一緒に散歩しないからだよ。僕、知ってるんだ。あいつ、ここにいるんだろう。ええと、地下シェルター」

絶句した。

夜が明けてしまう。

「佳月。ばかなの？　って、言わないんだ」

世界中の罵詈雑言《ばりぞうごん》を集めてもたりない。琉人を嫌いでも苦手でもない、ただ気持ちが悪かった。

「ばかなの？　あの子のこと、わたしが知るわけないじゃない」

体裁を保ったのは、気持ち悪さに屈したくなかったからだ。

「あんたって腐るほどのばか。エリザベスを自由にして正解ね。帰って。帰ってよ」

エリザベスとは逆の方向を、顎でさす。気がつくと肩で息をしていて、吐く息の白さにめまいがしそうになった。

「佳月。じゃあ、学校で」

琉人が手を振る。指先が真っ赤だった。

今日は学校を遅刻できない。いつしかわたしは両手をグーにしていた。爪が手のひらを刺すのに、ちっとも痛くなかった。

夜がなりをひそめていき、逃げ遅れた星が消滅していく。太陽が目覚める前にと、わたしはかじかむ指をこすり合わせ、地下シェルターへおりた。

電池を入れ替えた懐中電灯をひとつ床に置き、柊に託した懐中電灯ふたつの電池も入れ替える。三つすべてを、床に置いた。部屋には、ビスケットやチョコレートのお菓子、ペットボトルの水、ティッシュペーパーやタオルが壁際に沿うように並べられている。

柊は、まんなかで眠っていた。頭から毛布をかぶり、繭《まゆ》の中にいるみたいに、小さくなっていた。枕元には積み上げられた本と時計、ここでの暮らしはすっかり柊の日常になっている。

「柊、起きて」

わたしの、ただならない様子を察知したのだろうか。柊は毛布からそっと顔を出して、

「……もう、おしまいなの？」

淡々と言った。長いまつ毛に縁取《ふちど》られた目が、黒々と光っていた。光を宿していると、瞬《またた》く間にわたしは惹《ひ》かれた。やせっぽちで貧弱だった柊の、命の泉みたいなものをわたしだけが発見したのだ。柊はわたしに、命をあずけてくれたのだと、信じた。

柊は毛布の中でもぞもぞせず、目もこすらずに無音で、半身を起こした。


モウ、オシマイナノ？


わたしは正座をした。両手をグーにして、膝の上にのせた。

柊の目の中の光は、最初から、絶望の光だったのだろうか。

「柊。わたしもここでずっと柊といたい。でもわたし、暗闇がこわくてたまらない」

わたしは、ずるい。おしまいだと、断言できずにいる。

柊は静かに毛布をたたみ、トイレに立った。わたしの前をすどおりし、テントのファスナーをジャンプしながら引き上げた。

わたしの全身が冷えた。テントに耳をくっつけて、柊の音を聞く。おしっこの音がやんでも、柊は出てこなかった。

「……柊?」

「暗闇がこわいのは、佳月さんが陽の当たるところで生活してたからだよ。ずっと、お父さんとお母さんに守られていたんでしょ」

「柊。ここをあけて」

「僕は、気がついたらお母さんはいなかったし、お父さんしか知らない」

「子供に暴力ふるう人はお父さんじゃないわ」

「でも、僕にはお父さんしかいなかったし、他の大人は見ているだけで何もしてくれなかった。交番に行っても、結局帰される。僕を帰さなかったのは、佳月さんだけだった」

語尾が、過去形になっていた。

「……ごめんなさい」

わたしは、まともじゃない大人達よりももっと、残酷な仕打ちをした。守ると約束したのに、子供のわたしは、パパやママに守られている立場のわたしは、中途半端なやりかたしかできない。

「ごめんなさい」

わたしは、着ている服を脱ぎはじめた。ごめんなさい、ごめんなさい。一昨日《おととい》、柊がわたしにぶたれると勘違いしてあやまり続けたように、ごめんなさいを繰り返しながらコート、セーター、ブラウス、スカートと、次々に脱いだ。

柊が、やっとテントをあけた。柊が目をみひらく。涙の膜がはって、こぼれそうになった目。わたしの姿に戸惑《とまど》っている。

「エリザベスみたいに、身体に毛が生えていないから、人はひとりだと自分を守れないの。誰かを守りたかったら、くっついているしかない」

よくわからない理屈だった。ただ服がないほうが、わたしが伝わると思った。わたしは両手をのばして、柊を引きよせた。柊の身体からセーター、ズボンをはぎとる。

「守ってあげたかったの。ここは地下シェルターで、大切な人を守るものだもの。大地震がきても、ここにいれば大丈夫なんだって。本当よ、だから」

ママには子供じゃない、と豪語したけれど、それこそが子供の証拠だ。でもわたしは、いいいい、まともじゃない子供だから、いけないことでも正しくできるはずだった。

「……だから」

柊をぎゅっと抱きしめた。わたしはシュミーズと木綿《もめん》のパンツで、ふたりとも裸に近い格好なのに、服を着ている時よりあたたかかった。

「柊、目をとじて」

柊が目をとじたのを見届けると、わたしも目をとじた。視界がなくなると、ふたりがひとつのかたまりになったようだった。別の体温があれば、暗闇はこわくないのだ。

「佳月さん、こわくないの？」

「柊がいるからこわくないわ」

恋人同士だったら、こんな会話をするのだろうか。漫画や小説でしか、恋人なんか知らない。パパとママ以外、大切な人なんかいなかった。ほしいものも、何でも手に入った。

そうだ、わたしは犬がほしかったのだ。

わたしを慕《した》って、わたしに尽くす、犬。

目をあけると、積み重ねた本のてっぺんに、五百円玉があった。ここにきた当初、柊がきつく握りしめていたのだ。

「……買えると思っていたのに」

野蛮な生き物は、買えないし飼えない。犬は、エリザベスは野蛮じゃない。一番野蛮なのは。

柊はまだ目をとじている。まぶたにかかる、少し癖のある前髪を指でわけた。後ろの髪は肩についている。髪を切ってあげればよかった。

「いち、に、さん……」

目をとじたまま、柊がつぶやき、指を折っていく。

「片手で、三本折るだけ。僕、十本でも足りないくらいここにいたかった」

三日。たった三日。でも、とざされた空間では時間が無限だった。目をとじたら暗闇が、心の中でどこまでも伸びていくように。

わたしは、柊の右手を——親指、人差し指、中指の三本を折ったままの右手を両手で握りしめた。

「佳月さん。もう、行かなきゃでしょ」

学校、と柊がささやいて、わたしの両手から、手を抜く。やがてあけた目には、暗闇が凝縮されている。わたしは膝を崩《くず》し、柊の腰に両手をまわした。柊はわたしの両手からそっと逃れ、そのへんに散らばった自分の服をかき集めた。

夜明けがやってくるのだ。


「今日の日直は誰だ。日付が変わっていないぞ」

朝の会で、先生が黒板を指で突く。日付は二〇〇四年十二月九日になっている。今日の日直のふたりが黒板に駆けより、日付をチョークで書き換えた。

十二月十日。

わたしは平然と授業を受けた。エリザベスが気がかりだったけれど、琉人には目もくれなかった。

帰宅すると、テラスでパパが葉巻を吸っていた。

「おお佳月、会いたかったぞ」

パパが両手を伸ばして、胸に飛び込むようわたしを促《うなが》す。明け方、わたしは柊を強引に抱きよせた。柊はされるがままだったけれど、身体はわたしのいいなりで、やわくしなった。

「おかえりパパ」

「なんだ、抱擁はなしか。張り合いがないな」

「もう子供じゃないから」

「佳月は永遠にパパの子供だぞ」

パパが葉巻を灰皿にあずけ、座っていたガーデンソファから身体をずらした。あいたスペースに、さもうれしそうにわたしは腰かける。

「佳月、おみやげは？　って聞かないのか？」

「おみやげは?」

「チーズケーキだ。犬の顔を象《かたど》ったためずらしいチーズケーキが売っていたんだ」

「ふうん」

「佳月。パパな、犬を飼ってもいいと思いなおしたんだよ。犬は賢いだろう」

「そうね」

柊は、エリザベスよりもはるかに賢かった。

「犬は人捜しもできるだろう。警察犬みたいに」

「そうね」

ポケットの中で、手を握りしめる。

「人捜しといえばな、佳月。子供が行方《ゆくえ》不明らしいんだ。遠野君、琉人君のパパから連絡をもらったんだが――」

「パパ！」

たまらず、わたしは話を遮った。

パパが葉巻を取り落とす。じゅ、という悲壮な音とともに、テラスがわずかに焦げた。

「パパ。誰が行方不明とか、わたし全然興味ないの。犬も、けっこうばかだし、飽きちゃった。琉人に借りたの。エリザベスっていうんだけど、大きいだけでばかだった。パパ、わたしもっとほしいものがあるのよ」

パパの首筋に、鼻をこすりつけた。頭が悪いふりをする、犬みたいに。

「白のグランドピアノよ。普通のピアノじゃつまらない。グランドピアノなら、お客様にも演奏を披露《ひろう》できるでしょう」

「そうだな。佳月、来週、東京まで見に行くか」

「わあ、うれしい」

白のグランドピアノなどちっともほしくないし、うれしくもなかった。

パパが腕時計に目をやる。

「パパ、お出かけ?」

「ああ、ちょっと。遠野君の家にね」

柊のことを話し合うのだ。

「行方不明の子、警察にお願いするの?」

「うちの従業員の息子さんなんだよ。その従業員も、まあ、やっかいでね。穏便に対処しないと危ないんだ」

パパが葉巻を靴で踏みつける。テラスが灰で黒ずんでいた。

「どう危ないの? ねえパパ」

「そうだな、逆恨《さかうら》みしてうちを攻撃しかねない」

さりげなく、ガレージに向かおうとするパパの前方に回った。出張先まで乗車していたパパとっておきの車は、五台の車の中でもっとも高級だ。停車位置は、地下シェルターの入口付近だった。万が一、タイヤがふたの上にのっかっていたら、柊は抜け出せない。

「お父さん、子供にむやみな話をしないでください」

ガレージの入口に、ママがいた。お化粧をして、よそいきの服をまとっている。

「ママも出かけるの？　パパと？」

「ええ。急だけど遠野さんのお宅にね。佳月、今夜は家政婦さんを頼んであるから」

「わかったわ、ママ」

舌打ちしたいのをこらえて笑う。家政婦など邪魔なだけだった。でも、パパとママがいるよりましだ。

「ねえ、佳月」

今夜中に、柊を帰さないといけない。やっかいで危ない、親の風上にもおけない大人に、柊を。

もう、おしまいなのだ。

「なあに、ママ」

虚《うつ》ろに言った。黄昏時、はちみつに埋もれたみたいな飴色の空は、すぐに水の中で滲んだ血みたいになっていく。遠くの山々は、相変わらず空にへばりついているのだ。瘡蓋みたいに。赤黒くて、痛い。

「ここにあった懐中電灯を知らない？　三つあったはずなんだけど、ひとつしかないのよ」

ママがわたしにたずねる。すべて看破しているというように、唇だけで笑う。ポケットの中のこぶしが汗ばみ、とけてしまいそうだった。

「知らないわ、ママ」

わたしは本気で嘘をついた。どうしてそんなことを聞くのかと、本気で疑問に思った。

「それとね佳月。担任の先生から電話があったの。一昨日《おととい》に留守電も入ってたみたいだけど、気づかなくて」

留守電。わたしは舌打ちした。心の中で。

「佳月。遅刻が続いたんですってね。その件は、あとで話しましょう」

「うん、ママ」

完璧な笑顔を、わたしは顔に貼りつけた。

パパが乗り込んだのは、もっとも高級な車だった。ヘッドライトが光り、ガレージから出ていく。

わたしは無邪気に手を振った。


家政婦がくる前に、ピーナッツバター&ジェリーサンドをつくった。ラップとハンカチで包み、紙袋に入れる。

地下シェルターで、柊は正座をしていた。

「柊、白鷺橋に帰ろう」

わたしに言えたのはこれだけだった。よく見ると、柊はここにきた時の服を着ていた。

「一緒に、白鷺橋に帰ろう」

身体だけではなく服も洗ってあげればよかった。白鷺橋と同じ臭いに、逆戻りしてしまった。

「送ってくれるの？」

「もちろんよ。一緒よ」

「ありがとう」

柊がはじめてわたしに、ありがとうと言った。

「……ごめんなさい」

わたしは、あやまってばかりいる。あやまるしかできない自分がいやで、わたしは気持ちをごまかすように柊に抱きついた。

「柊を守りきれなくてごめんなさい」

柊がほしかった。守りたいのではない、ほしかったのだ。ここにとじこめて、わたしだけのものにしたかった。

「僕、忘れないから」

わたしの腕をほどくと、柊が自分から梯子をのぼった。気のせいか、手足が少し伸びている。

わたしも忘れない。口に出して言えなかった。忘れてしまいたいのかもしれなかった。忘れなかったら、きっと、ここでの三日間がやがてわたしを苦しめる。

「柊、大丈夫?」

「大丈夫だよ」

柊が自分の手で、ふたをあけた。

わたし達は手をつなぎ、黙々と歩いた。

柊を帰したら、隙を見て地下シェルターを片付けよう。ふりだしに戻すのだ。担任からの連絡など、いいわけはいくらでも考えられる。エリザベスの散歩に付き合った、とか。そうだ、琉人。琉人はなぜ、柊がここにいるなんて出まかせを言ったのだろう。気持ちが悪いほど、自信満々だった。

遠くで犬が吠えている。あれは、エリザベスではないか。

「……エリザベス?」

柊がつぶやく。太陽は沈み、山の樹々にも夜のカーテンがかかっている。いつしか街灯がともっていた。車の行き交う音が、途切れ途切れに聞こえる。あと数分も進めば二車線の道路で、その先が白鷺橋だ。冬の夜風は冷たく澄んでいて、音や臭いをすみやかに伝達させる。

「エリザベス、かしら」

まさか、あのままエリザベスは一匹でいるのだろうか。琉人はエリザベスを捨てたというのか。

「佳月さん」

柊が、グーにした両手をわたしに差し出す。

「佳月さん、どっちか選んで」

「え?」

「右か左か。選んで」

「え」

「選んで」

宵《よい》の口に、柊のこぶしふたつがやわらかく浮かびあがる。力任せではないまるさだった。

「じゃあ、こっち」

わたしは、心持ち大きくふくらんでいる右手に指をはわせた。

柊が右のグーをひらくと、飴があった。飴の部分を宝石に見立てた、指輪の形の飴、ジュエルリングだ。

「ズボンのポケットにあった。たぶんお父さんが、パチンコでもらったのかも。それを僕が拾ったのかもしれない」

ダイヤカットした飴は、ルビーのような赤だった。どうにも抗《あらが》えないような、毒々しい赤。

「あげる」

「いいの？」

「うん」

柊から、最初で最後の贈り物だった。

「今月、クリスマスの月だよね」

クリスマス。狭くて薄暗い場所で、柊はクリスマスのことまで考えていたのか。

「そうね」

「クリスマスって、プレゼントを贈るんでしょ」

「……そうね」

「こんなのしかあげられない」

「なに言ってるの。うれしいよ」

うれしくて、いたたまれなかった。受け取ると、すぐさま握りしめた。痛みが手のひらから走り、全身をめぐる。

柊が左のグーをあけた。そこには、五百円玉があった。

「そっちはもらえないわね」

「僕、お酒を買わなきゃいけなかったのに。すごく遠くまできちゃった」

柊のつむじが、わたしを責める。

わたしは柊から目をそらし、

「わたしはこれをあげる」

紙袋を渡した。

「ピーナッツバター&ジェリーサンド。お父さんには見つからないようにして」

柊のひらいた左手を、再び握らせる。あちら側で、電信柱のゴミ捨て場に転がっていたお酒は、五百円で買えるのだろうか。パパの葉巻一本より安くて、まずそうなお酒のせいで、まともじゃない大人のもとで、柊はまた痣や傷が絶えない日々に戻るのだ。

「僕もう行くね」

頷けないし、返事もできない。忘れたくない、忘れない。でも、世界で一番野蛮な生き物だったわたしのことは、忘れてしまいたかった。

柊があちら側へ駆けていく。

一度もわたしを、振り返らなかった。


前日、柊のお父さんが死んだ。

白鷺川で、水死体となって発見されたのだ。死亡推定時刻は午後六時から七時。外傷の状態から、白鷺橋から転落して溺《おぼ》れたと判断された。

集合住宅に帰宅した柊だったが、一晩たってもお父さんが帰ってこないので、交番を訪ねた。自分を捜しているのかもしれないと、あたりをつけたのだ。柊の捜索願は提出されていなかったが、明日見太一《たいち》、柊のお父さんは要注意人物でもあったため、警察は動いた。

ここまで、わたしはパパとママの話を盗み聞きした。昨夜遅く家に着いたパパとママだったけれど、今朝ものんびりしていられなかった。琉人のパパから電話がかかってきたのだ。尋常じゃないパパの驚きようとママへの目配せに、わたしは自らリビングを出ていき、ドア越しに耳をそばだてた。

「子供は大丈夫なの？　まだ七歳だっていうじゃないですか」

「一言も口をきかないし、泣きもしないそうだ」

「放心状態なのよ。どんな父親だって、たったひとりの父親なんだもの。それがこんなに早く……」

ママが言葉を詰まらせ、嗚咽《おえつ》している。柊がのりうつっているかのように。

わたしが柊をさらわなければ、わたしが柊をもっと早く帰していれば、柊のお父さんは死ななかったのだろうか。

「……七歳で、天涯孤独になってしまうのね。お父さん、私達でできる限りのことは」

「ああ、わかっているよ」

話がやむ。わたしは玄関で屈み、靴をはいた。

「佳月。今日は学校を休みなさい」

神妙なママの声を、背中で受け止める。

近くで犬が吠えた。エリザベスだ。門柱まで急いで出ていくと、エリザベスと琉人がいた。

「おばさま、おはようございます」

琉人はわたしをとおりこし、背後にいたママに挨拶《あいさつ》をした。ママが躊躇《ちゅうちょ》しつつ、挨拶を返す。

「これから犬の散歩に行くんです。佳月さんを誘ってもいいですか」

琉人はエリザベスを捨てていなかった。わたしは安堵した。

「琉人君も、学校を休むの?」

ママが言った。

「はい。パパが今日は行かなくていいと言いました。詳しくはおしえてもらえなかったけど、町はずれで、事故があったからって」

「そう」

ため息まじりにこたえたママに、かぶせるように琉人が続ける。

「おばさま、最近佳月さんが学校を遅刻していたのは、犬のせいなんです。僕が犬の散歩を頼んでしまったから。佳月さんは犬に慣れてないし、佳月さんはすごくやさしいから、長時間世話をしてくれたんだと思います。ごめんなさい」

はからずも深々と頭を下げた琉人に、唖然《あぜん》とした。ママが今度は、さっきとは別の色のため息をつく。

「まあ、そうだったの。事情がわかればいいのよ。佳月も正直に言ってくれればいいのに」

「いいえ、僕がいけないんです。でも、佳月さんは僕よりずっと犬の扱いが上手くなって、犬もなついてしまったからお願いしてしまった。佳月さん、ごめんね」

わたしの顔をのぞきこむ、琉人の目が本気で申し訳なさそうで、全身の産毛《うぶげ》が逆立つようだった。

「佳月。学校の先生にはママから電話しておくわ。琉人君は賢くていい子ね」

よりによって、琉人が照れた。手で頭をかいている。

「エリザベス、行こう」

琉人からリードを奪い、わたしは駆けだした。目的地は、白鷺橋だ。

うしろから琉人が追いかけてくる。平気だ、わたしの俊足は学校中の先生や生徒のお墨付きだし、エリザベスだってわたしについてくるのがやっとなのだ。

「佳月」

いつのまにか、琉人がわたしと横並びになっていた。さわやかに微笑みかけてくる。

「白鷺橋に行っても無駄だよ。警察が立ち入り禁止にしているから」

「わかってるわ、そんなこと」

「あいつどうしてるの？　明日見柊。無事に帰ってもらった？」

軽やかな足取り、弾むような口調。琉人はこんなに背が高かっただろうか。わたしが懸命に手足を動かしているのに、琉人は余裕綽々《しゃくしゃく》というように、わたしを越していく。

わたしは息せき切って、反論できないでいる。

「佳月。僕見たんだよ。何日か前に、佳月が地下シェルターにあいつをとじこめるの」

エリザベスまでが、わたしを越していく。本当は私よりずっとすぐれていて、わたしに配慮していたというのか。エリザベスまでが、まさか。いつのまにわたしは、これほど鈍《にぶ》くなったのだろう。

朝陽がまぶしくて、息ができない。

「塾の帰りに、佳月の後をつけたんだ。行先は白鷺橋だってわかってたしね」

あぜ道にさしかかってすぐ、わたしは蹴躓《つまず》いた。タイツが破れ、膝と手のひらがすりむけた。

痛みなど、感じない。

柊のお父さんが死んだ。柊は一言も口をきかない。泣きもしない。放心状態。天涯孤独。

痛くないのに、涙が出そうになる。柊が泣かないのに、わたしが泣くわけにはいかない。

「大丈夫?」

琉人が首を傾げ、手を伸ばしてくる。わたしは顔をそむけ、地面についた手をグーにした。

「佳月、僕びっくりしたよ。佳月があいつをさらってくるんだもん。それで様子うかがってたら、あいつをとじこめるし」

まるまった手がしびれてくる。身体が荒波みたいに脈打つ。

「……夢でも見たんじゃないの？」

「ばかなの？」

琉人が身体をくの字に曲げて大笑いした。

おそるおそる、手をひらく。砂利《じゃり》でできた細かな傷と血。膝は痣になるかもしれない。

白鷺橋へ、あと数分も進めば着くのに、白鷺橋は閉鎖されている。もう、あちら側には行けない。

琉人が再び手を伸ばす。その手をわたしが振り払おうとしたのに、すんでのところで琉人がかわす。

涙を精いっぱい堪《こら》え、琉人を睨みつけた。

「ごめんごめん。佳月はばかじゃないよ。ばかじゃないから、僕に従ったほうがいい。あいつのお父さん、僕が殺してあげたんだから」

琉人はいったい、何を言っているのだろう。

力が蒸発するみたいに、身体がしぼんでいく。起き上がれないまま、ついにわたしは降参した。わたしの意思よりも、身体が、琉人に負けてしまった。

「佳月、泣いてるの？　僕、佳月の涙、初めて見た。可愛いなあ」

昨夜、わたしと柊は、犬が吠えているのを耳にした。白鷺橋にたどり着く前だ。あれはやっぱり、エリザベスだったのか。

わたしは袖口《そでぐち》で、乱暴に涙を拭《ぬぐ》った。ばかじゃないの？　琉人、あんた芯《しん》から腐ったばかよ。罵倒したいのに、できない。わたしは今後一生、琉人を無下《むげ》にできない気がした。

「なあんてね。殺したなんて嘘だよ」

柊。

柊はどうしただろう。どうなるのだろう。唯一の肉親が死んでしまった。白鷺橋から転落して溺れた。昨日の帰りしな、柊はお父さんや琉人やエリザベスと、すれちがわなかったのだろうか。

寒気がして、わたしはわたしを抱きしめた。

「佳月。そろそろ帰ろう」

琉人が強引に、わたしの手を握りしめる。わたしの手は琉人の意のままで、だらしなく体温を共有した。

「佳月。僕、忘れないよ、今日のこと」

絶対に、と最後に付け加えた時、琉人の声がうわずった。

家の前で、琉人と別れた。

玄関に行くより先に、わたしの足はガレージに向かう。わたしの、女王様たる意思が蒸発していくのを、わたしの、魂みたいなものが必死に抗って、足を再度地下シェルターに向かわせたのだ。

もう一度、最後にもう一度だけ、わたしが抜け殻になってしまう前に、わたしと柊の痕跡《こんせき》を閉じ込めておかなくては。

たった三日間のわたし達の世界を、地下シェルターで生かすのだ。パパはしばらく事故に注視するだろう。地下シェルターから事故へ気移りしている間は、こんな小さな欠片《かけら》など見つかるはずはない。


年が明け、桜が開花すると、白鷺川の事故などたちまち風化した。柊は隣県の養護施設に送られ、老朽化していた白鷺橋はパパが経営する建築会社が無償で補強した。もう走って渡ってもゆれないだろうし、事故も起こらないだろう。そう、事件ではなく事故。目撃者も目撃した犬も、いなかったのだ。

琉人は東京の私立中学校に合格し、琉人の入学を機に一家は東京へ引っ越した。エリザベスも連れていかれた。私は地元の中学校に通い、瞬く間にかすんでいった。学区外の小学校からも生徒がなだれこんできたので、私程度の能力を持つ男子はいくらでもいたし、私程度の容姿を持っていなくても見せ方が上手な女子はいくらでもいた。髪を脱色し、まぶたをテープやのりで二重《ふたえ》にし、唇や爪に下品な色をつける。粗末な素材をちゃちな材料で飾りつけるなんて安っぽいケーキみたいだと軽蔑《けいべつ》した。ところが大多数の軽蔑すべき人達が私を貶《さげす》むではないか。私が「パパが」と口にするだけで嘲笑《ちようしよう》する。同じ小学校出身の生徒達まで彼らに同調し、率先して寝返ったのが深見千沙子だった。小六の時のクラスメイトで授業中は必ず「志摩さんの解答が知りたいです」と起立した。深見千沙子と対《つい》になって威張りだしたのが「私も、志摩さんの無駄のない解答が知りたいです」と合いの手を入れていた井上芙美だ。私はやっと理解したのだ。クラスメイト全員が教科書でノートを隠していたのは、できないのではなくできていた、からなのだと。無駄のない解答が聞いてあきれる。やがて他の女子のように私も初潮をむかえ、細いだけだった胸や腰に適切な脂肪がつき、下着の種類も変わった。シュミーズなんか着ないし、木綿のパンツなんかはかない。シュミーズ姿で、木綿のパンツで、はじめて誰かと抱き合ったことなど芥子粒《けしつぶ》みたいになって、記憶のどこかに埋没した。

佳月はきれいだ、美しいと、誉《ほ》めそやすのはパパだけで、パパだけが私の信奉者だったけれど、随分前からママが危惧していたように、パパが代々継承した資産は目減りしていった。山や土地や不動産を次々に手放し、ある日パパがぽつりと言った。

「そういえば、地下シェルターはどうやってあけるんだったかな」

パパはすっかり失念していたのだ。三年間も！　幸い、震度三以上の地震はきていなかった。ママは苦笑し、「どうでもいいじゃありませんか」と言った。私はリビングで、白いグランドピアノを弾いていた。なぜこんなものをねだったのだろうと、不思議に思いながら。

東京の女子高に進学するよう私に助言したのはママだった。地元の閉塞感《へいそく》に窒息しそうになっていた私を慮《おもんぱか》ったのだろう。しかし臭いというのは敏感に嗅《か》ぎとられるのか、中学校で孤立していた私は新天地でも孤立した。十六歳まで友達がいないのはさすがにまともではないのでは、と悩み、やぶれかぶれになって友達作りにチャレンジした。同じクラスの岸《きし》亜香里に声をかけたのだが、

「あなた、私だったら友達になってくれるんじゃないか、って思って声をかけたんでしょう。私がこの学校で圏外だから」

図星だった。亜香里は、名だたるお嬢様学校で数少ない奨学生だったのだ。簡素な身なりだけど堂々としているさまは、私とは別の意味で異質だった。うつむいて去ろうとした私に、

「でもいいよ。友達になってあげる。友達なんかいらないって思ってたけど、ひとりくらいいないと不便だし」

嫌みな物言いとは裏腹に、ほがらかな笑顔だった。グーにした私の右手をとり、荒っぽく握手をした。資産家の娘、ただし没落寸前で田舎出身の私と、学年一の秀才のくせに母子家庭のため極秘でアルバイトを掛け持ちしている亜香里は、奇妙な友人関係を築いた。恋愛の種が芽吹かないのも共通していて、亜香里の口癖は「恋愛する暇があったらお金を稼《かせ》ぐ」で、その次に必ず「佳月はさっさと恋愛すれば」と含み笑いをした。事実、私は奇特なモテ方をした。面

識がない男の子が、陰からじっと見つめてくる、通学電車や校門で待ち伏せされ、ねっとりした視線を送ってくる、話しかけてくるわけでもなく、数メートル先か後ろに気づくといる。同世代ではなく、年下ばかりだった。ひとりではなく、何人か代わる代わるあらわれた。幽霊ではないかと疑ったけれど、亜香里も肉眼で認めたから、そうではない。

「佳月はさ、なんていうか、浮世離れしてるんだよね」

と亜香里が私の全身に視線を走らせた。わざとらしく不躾《ぶしつけ》に、舌なめずりするそぶりで男を表現してみせた。

「どういう意味」

「整った顔立ちで、出てるところは出てる身体つきのくせに、洒落《しゃれ》っ気はなくて。素材で勝負っていう自信がぷんぷんしてて。うらやましくもあるし、憎たらしくもある」

「そんなこと言われても」

何もしていないだけなのに、ゆがんだ好意や僻《ひが》みを引きつけてしまうというのか。

「いいんだよ、それもひとつの才能でしょ。でもあとひとつ」

「なによ」

「楚々《そそ》としているくせに、本当は違うんじゃない？　本当は、もっと」

もっと、何だというのだ。亜香里は核心を飲み込み、

「そういうところを、男が嗅ぎつけるのかも」

と、真意をほのめかして笑った。

「私、恋愛はしたくないの」

私は亜香里に宣言した。「恋愛なんて、呪《のろ》いみたいだから」と。

特定の人に心をゆだねるのはめんどうくさくて、呪いと言ってしまった。とはいえ奇特なモテ方は呪いに違いない。私の容姿云々《うんぬん》ではないのだ。物騒な言葉に亜香里は度肝《どぎも》を抜かれたようだけれど、聞き流してくれた。私は短大へ、亜香里は四年制大学へ進学し、二十歳になった頃、

「佳月。恋愛にトラウマがあるなら、さっさと解消したほうがいいよ」

亜香里が合コンをセッティングしたのだ。大学生活とアルバイトを効率よくこなし、余裕ができた亜香里は恋愛も開始していた。高校で三年、短大で二年、約五年も東京を拠点としてきたのに、短大からは実家を出て都内のマンションを借りてもらっているのに、私には未《いま》だあの狭い町の匂いがしているのだろう。二十歳になったのに男性経験がないのはさすがにまともではないのでは、と悩んでいた矢先だった。私はひとり娘だし、砂塵《さじん》レベルの資産家だとしても志摩の名前をなくすわけにはいかないのではないか。結婚して子供を産むのがまともな大人ではないだろうか。亜香里の言うトラウマなど皆目見当もつかないけれど、とにかく合コンに参加しようと決めた。

当日、時間に間に合うよう支度をしたのに、繁華街で男の人に声をかけられた。高校時代か

ら散々付きまとわれた奇特な人種ではなく、正統派に見えた。急いでいる、とあしらっても、少しでいいから時間をくださいと迫《せま》ってくる。聞けば出版社勤務で読者モデルをスカウトしているという。とにかく本当に急いでいる、と念押ししたら、強引に名刺を渡された。いつでもいいから連絡をくれと。記載された雑誌名は、格式高くハイセンスなファッション誌だった。他に情報誌や文芸誌も出版している。お財布に名刺をしまい、亜香里が指定したイタリアンレストランに行くと、もう場ができあがっていた。量産されている造花みたいな女性が三人、パステルカラーで露出多めのファッションで向かい合った男性四人と談笑している。夕方と夜の境目みたいな青のシックなワンピースで、一度もカラーリングしたことのないまっすぐな黒髪で着席した私は、一言も発していないのに女性達から敵視された。主催者のはずの亜香里は私を放り込んでおきながら欠席し、私は孤軍奮闘しなければならなかった。自己紹介でうっかり「パパが」と口にしてしまい、私は笑顔を貼りつけたままテーブルの下で手をグーにした。「パパがー?」と造花女のひとりが素《す》っ頓狂《とんきょう》な声で言い、彼女が発すると金銭の授受がある赤の他人のパパに聞こえて、私は新鮮な気持ちで彼女を直視した。どこまでが本物のまつ毛だろうと思いながら。

するとすると目の前にいた年上らしき男性が笑って、

「そっちのパパじゃないだろ」

と私の肩を持ち、

「ていうか、そっちのパパは君じゃない?」と彼女にウインクする。彼女から「冗談だってばー」と場を和《なご》ませる一言を見事に引き出し、この話は終わった。私はごまかすように短大名を告げ、

「遅れるつもりはなかったのですが」

髪を耳にかけた。穴のあいていない、まっさらな耳。緊張を悟られたのか、先程の男性が私に赤ワインをついでくれる。ガラスの瓶にはわずかに赤ワインが残っていたのに、男性はウエイターを呼びガラス瓶を下げさせた。まだ残っているのにゴミになるのだ。私がトイレに立つとその男性が追いかけてきて、「ふたりで飲みなおそう」と耳打ちするではないか。世間ではこうして恋愛が発展するかもしれないと思い承諾した。

ついていった先はシティホテルで部屋に入るなり男性が、「佳月さん。男性に印象付けようとしてわざと遅れてきたの?」とあけすけに聞いてきた。「そんなつもりじゃないわ、本当に……」と言い淀み、やっと女性陣の不機嫌の理由が腑《ふ》に落ちた。男性は「だよね」と笑い、「お酒は何にする? 赤ワインでいいかな」

私の肩を抱き、ベッドの端に座らせた。男性が、備え付けの電話でフロントに注文する。ラブホテルではなくシティホテルの最上階、シンプルでセンスのいい部屋。造花女達とは一線を画した扱い。私はかつて、女王様だった気がする。

「佳月さんは赤のほうが似合うよ」

届けられたワインを尻目に、男性が私の青のワンピースに手をかけた。目をとじる。間接照明の仄暗さは何かに似ている。

目をあける。サイドテーブルに置かれた赤ワインのガラス瓶をつかむ。グラスにつぎ、半分ほど飲んだ。

男性がカーテンを引くと、夜景が広がった。星々が、ネオンが、深くて濃い紺色の絨毯にばらまかれている。真っ暗闇に灯《とも》された、たくさんの希望の欠片かもしれない。たとえば子供の目に宿る、小さな希望とか。

「佳月さんは美人で賢くて、でも不器用というか、空気が読めないから、女性の中で苦労してきたでしょう」

身体が熱い。血の流れが勢いを増し、身体中を駆けめぐる。

「はじめて見た時から思ってた。きっと気が合うって」

はじめて私を見た時から、私を認めてくれたのだ。私はたいしてしゃべっていないのに、まなざしだけで決めてくれた。

「大丈夫だよ」

男性が夜景を背に、微笑む。

ダイジョウブヨ

男性が歩みよってくる。

私の目が潤《うる》み、夜景が水に溺れる。


「これからは、僕が守ってあげるから」

ワタシガ、マモッテアゲル

人の姿が曖昧《あいまい》になる、やわらかな明るさ。そうだ、懐中電灯の明るさに似ているのだ。

男性が再び、私の青のワンピースに手をかける。ボタンの下は、シュミーズでも木綿のパンツでもない、勿論《もちろん》。

「ごめんなさい」

男性の手を振り払った。

「私、守られるとか無理なんです。だって無理でしょう。守るとか、できるわけないでしょう。あなた年上ですよね。年上のくせに無責任なこと言って、あとから私が苦しむじゃないですか。どうせあなたも私を放り出すんでしょう」

仁王立ちになってまくしたてたら、男性が私をベッドに押し倒した。

「何わけわかんないこと言ってんの、おまえ。ここまできておいて今さら」

世間ではこうして強姦《ごうかん》が成立するのかと納得し、でもこちらにも落ち度があったと、私は獣《けもの》みたいに暴れ、赤ワインの入ったグラスに手をのばした。男性の頭から、それをぶちまける。セットした髪、手入れした顔、高そうなシャツやスラックスが、赤く染まった。「ふざけんなよぉ」と男性がぶつくさぼやくので、

「ばかなの？」

と私は言った。

ホテルを去ると、夜がやさしく思えた。私は音もなく泣いていた。

短大一年の夏から、ぼちぼちと就職活動もしていたけれど全滅だった。地元に帰るのも憚《はばか》られ、なんとしても就職しなければと焦った矢先に見つけたのが、お財布にしまいっぱなしだった出版社の名刺だった。スカウトされたのは読者モデルとしてだが、雑用くらいならあるのではないかと連絡を取った。タイミングがよかったのだろうか、契約社員として内定をいただいた。短大卒業後、配属されたのは男性読者を対象とした情報誌部門だった。ライターやコラムニストや実業家などに原稿を依頼し、じきにインタビューも任された。仕事相手は常に男性だった。

卒業後同じ業界で働き始めた亜香里は、入社早々に地方のクリエイターと一般企業をマッチングさせるシステムを企画し、みるみる頭角をあらわした。今や副編集長として女性向けのフ

アッション誌を手がけている。片や私は「顔で仕事を得ている」と女性社員に揶揄《やゆ》され、二十五歳になると「身体で仕事を得ている」と不憫《ふびん》がられた。歓送迎会以外で女性社員と飲む機会はないしランチにも誘われない。男性社員には誘われても、またすぐホテルに連れ込まれて暴れるはめになりそうだから断った。ライターやコラムニストや実業家の誘いも然《しか》りだ。なぜ顔だの身体だの噂が先行するのだろう。二十五歳で処女なのに。

「断られたなんて言うと恥《はじ》だから、寝たって言いふらすんだよ」とおしえてくれたのは亜香里だ。結局私には、亜香里しかいないのだ。苦労人で姉御肌《あねごはだ》で裏表のない亜香里の伝手《つて》で私は独立した。フリーのライター兼エディターになったのだ。心機一転、引っ越そうと決意した矢先に、私は琉人と再会した。新しいマンションを探すために回っていた、何件目かの不動産会社に、琉人がいたのだ。

私が提出した書類を一瞥《いちべつ》するなり、

「佳月?」

と内緒話でもするように、低く言った。いきなり呼び捨てにされて警戒した私はとっさに身構えたが、名札に『遠野』とあったので、カウンター越しの男性を二度見した。確かに、メガネをかけた目は切れ長で細く、唇も薄く、不健康気味な顔色に面影《おもかげ》がある。

「佳月だろ? 久しぶりだな。元気だったか? うれしいよ、すごい偶然だ」

「そうね」

私は、ぎこちなく笑顔を返した。

「ひとり暮らし？　とびきりいい部屋を探すよ。いや、俺マジでうれしいんだ。何年ぶりかな、十三年になるか」

相好《そうごう》を崩して、琉人は前のめりになる。私がカウンターにのせていた手を引っ込めると、琉人は仕事モードになり、私が指定した条件にそって資料を持ってきてくれた。新築マンション、1LDKか2LDK、五十〜六十平米、角部屋、バルコニーあり、二階以上、トイレとバスは別、浴室乾燥機あり、室内に洗濯機置き場あり、防音設備あり、ウォーキングクローゼットあり、駅から徒歩五分以内、オートロック、等々。

「住みたい区は、世田谷《せたがや》区か目黒区か渋谷《しぶや》区。佳月、ひとり暮らしだよな。収入は……」

「フリーランスになったばかりなの」

「うーん、なるほど」

琉人が頭の後ろで手を組み、天井を仰いだ。

「家賃のことなら、パパが」

唇を噛み、カウンターの下で手をグーにした。琉人がメガネをはずし、真顔になった。

「エリザベスは死んだよ」

グーにした手に、爪が刺さる。

「そう」

視界がゆらぐ。息苦しい。

「佳月。具合が悪いのか？」

「平気よ」

「十二歳で死んだんだ。犬種を考えても、犬としては長生きしたほうだよ。俺がずっと散歩させてたから、身体は丈夫だったし、病気らしい病気もしていない。老衰だったんだ」

エリザベスが死んだ。私に懐《なつ》いていた女の子の犬。あの頃、私は犬がほしかったのだ。

おずおずと手をカウンターにのせ、並べられた間取り図を指でもてあそんだ。

「犬はペット霊園で埋葬したよ」

「……犬？」

「ああ、犬。いや、エリザベスだ」

「ふうん」

「佳月。この部屋なんかいいんじゃないかな」

琉人がタブレットを操作し、私に向ける。十二・九畳のリビングダイニング、七・九畳の洋室、専有面積五十五・五九平米、バルコニーあり、南向き、六階建てマンション、五階角部屋、家賃二十二万円の画像が表示されていた。

「そうね」

最寄駅は学芸大学。徒歩五分圏内だ。

「俺、中目黒《なかめぐろ》に住んでるんだ」

「ふうん」

「佳月。今度ふたりで会おう」

琉人は、私に未練があるのだろうか。琉人とはなればなれになって十三年。あの頃、琉人は裸の王様で私は本物の女王様だった。私はいけないことをして女王様ではなくなって、琉人は……。

「琉人は、人を殺したの？」

手際よく契約手続きを進めている琉人に、私は言った。

「ああ、白鷺川の？　そんなわけないだろ。あれは事故だよ」

パソコンと電卓を叩きながら一笑に付す。即刻反応したということは、鮮烈に刻まれた記憶なのだ。

「佳月に意地悪したくなっちゃったんだ。今さらだけどあやまるよ。ごめん。でも、こう言うと失礼かもしれないけど、不幸な事故だとしても、結果的にはよかったんじゃないかな。あの子」

身体はぬかりなく仕事をこなし、物件を勧めるのと同じ平坦な口調で言う。

「明日見柊、だっけ？」

私は髪を耳にかけ、頬杖をついた。

「虐待されてたんだし、あのまま父親と暮らすよりは、ちゃんとした施設で育ったほうがあの子にとって幸せだと思う」

「そう、かしら」

「そうだよ。あ、佳月、保証人の欄に名前。お父さんだよな」

「ええ」

志摩一翔《かずと》とパパの名前を記した。

「佳月。結婚は、まだしないのか」

「私はひとり娘だから、婿《むこ》養子じゃなきゃ難しいわ。知ってるでしょう、うちは資産家なの。私は志摩の名前を継《つ》がなきゃならないのよ」

なぜ私は、不動産会社のカウンターでプライベートな事情を暴露しているのだろう。一時は気持ちが悪いとさえ思った琉人の前で、わざと気を引くような物言いをしているのだろう。

「佳月。俺、中目黒に住んでるんだ」

それはさっきも聞いた。

「佳月。今度ふたりで会おう。学芸大学と中目黒は近いだろ」

そうか。琉人はホテルを飛ばして自宅に連れ込もうとしているのか。あるいは、私の自宅に上がり込むつもりなのか。

「そうね」

どっちでもよかった。ただ私は、いけないことをした私を浄化させたかったのだ。私が呼び水になったかもしれない事故を、私のせいじゃないと、誰かに肯定してほしかった。昔琉人は気持ち悪かったけれど、今はたぶんまともな大人で、結果的にはよかったんじゃないかと、言ってくれた。

呪いとかトラウマとか、よくわからない。とはいえ琉人によって足枷《あしかせ》のようなものが取れたのは確かだ。引っ越し先の契約から引っ越しの手伝いまでそつなくこなしてくれた琉人は、引っ越し祝いと称して私にプロポーズしてくれた。琉人にとって私は物心ついた時からずっと恋愛対象で、運命的に再会できたのだからプロポーズは必然だと言った。ゆくゆくは志摩の名前を継ぐのも婿養子に入るのも、願ってもない申し出だとも。琉人は長男だけれど、異母兄弟がふたりもいるからかまわないと鼻で笑う。琉人のペースに巻き込まれるようにして、私はプロポーズを受けた。小綺麗《こぎれい》にまとまった部屋で、ついにセックスをするのだと、高揚と羞恥が入り乱れて手に汗をかいてしまったが、琉人は私の手を握っただけで何もしてこなかった。

すべての条件が合致した結婚話は瞬く間に結実し、琉人はすみやかに手続きを進めた。二十五歳のうちに入籍と挙式を済ませたいと琉人は意気込み、薄く笑う。やっと手に入れたから二度と放したくないと、夜も、丁重に、けれど執拗に求めてくるようになった。私には、あれやこれやの行為に頷かない理由がわからず、頷いた。恋愛もなしに結婚やセックスなんて時代錯誤のようだけれど、世の中には結婚してから恋愛やセックスにいたることもあるのだし、双方の家同士も諸手《もろて》をあげて祝福しているのでよしとした。

琉人は改めて新居を探しはじめた。入籍直前にはふたりでジュエリーショップに行き、エンゲージリングと結婚指輪を選んだ。ジュエリーショップは厳《おごそ》かで透明感ものすごく、一切の汚れがなかった。結婚指輪はプラチナリングにラウンドダイヤモンドがはめ込まれたシンプルなデザインで、琉人が先に気に入り、私も賛同した。エンゲージリングは佳月が決めるべきだと琉人が主張したので、私は再び売り場を右往左往しなければならなかった。エンゲージリングなど無理に買わなくてもいいのに、きらびやかな指輪は、幸せな未来を約束しようとする琉人の自己顕示欲なのだろうか。押しつけがましい幸せに一生しばられるのなら、どれを選んでも同じかもしれない。あちこちうろつく私を、琉人は満足気に眺めている。いっそ琉人に選んでもらおうかと考えあぐねていた時。

ショーケースのすみに、それを見つけた。

赤いルビーの指輪だ。

華奢《きゃしゃ》なリングの上に、大ぶりのルビーがのっかっている。夜の暗闇にも負けないだろう、どうにも抗えないような、毒々しい赤。虹色に輝くダイヤモンドの中で、異彩を放っていた。

コンナノシカアゲラレナイ
ナニイッテルノ。ウレシイヨ

「佳月？」

琉人が、私の肩に手をそえる。

「ルビーか。婚約指輪にしてはめずらしいな。でも、佳月が気に入ったなら」

急いで私は、首を振る。泣かないようにと、自分に言い聞かせて、さっとその場を離れた。

「ううん、もういらないの。そうね、これにしようかしら」

手近にあった指輪を指差した。透明でまぶしすぎて目をあけていられないような、ダイヤモンドを。

ルビーの指輪はもういらない。

もう二度と、いらないのだ。

明るいひかげ

序章は、恐怖を含んだ寓話《ぐうわ》風だった。本章で、一気にリアルな肌感覚になる。とりわけ私は、『僕の小さな希望は、とざされた暗闇《くらやみ》の中でのみ存在した』という一文に引き込まれた。

薄いピンク色で統一された産婦人科の待合室で、文芸誌なぞを読みふけっているのは私ひとりだ。もとより、私以外は若い女性しかおらず、皆そろって春霞《はるがすみ》みたいに表情がとろけている。全員が妊婦なのだろう。体型だけは私だって妊婦に負けないのにと、居心地の悪さをごまかすようにマガジンラックに手を伸ばしたら、マタニティ雑誌に交ざってこの文芸誌があったのだ。最新号でもないし、表紙もめくれあがっている。誰かの忘れ物かもしれないと、適当にページを繰《く》っているうち、その小説に没頭していた。主人公の男性は、過去、監禁されたというのだ。

『久我詩子《くがうたこ》さん。第一診察室へどうぞ』

私の名前がアナウンスされた。待合室に備えつけられた番号案内表示で、私の診察券番号が点滅している。昨今は個人情報の保護とかで名前など呼ばれず、番号案内表示で自分の順番を把握するのに、よほど私は上《うわ》の空だったのだろう。慌《あわ》てて立ち上がるも、頭はぼうっとしたままだった。共感する小説に出会うと、蜘蛛《くも》の巣に引っかかったようにがんじがらめになってしまう。だからいつも夫に……。

『久我詩子さん。第一診察室へどうぞ』

語尾に険《けん》がある。私は小説のタイトルと作者の名前をスマートフォンで撮り、第一診察室をノックした。

デスクに、血液検査の結果が二枚、広げられている。一枚目は通常の健康診断結果、二枚目にはＦＳＨ値55ｍＩＵ／ｍＬ、Ｅ２値10ｐｇ／ｍＬといった数値が印字されていた。女性ホルモンの量だ。

「更年期の症状でしょう。久我さん、最近していますか？　ご結婚はされていますよね」

していますかって何をですか。とはもちろん問いたださない。目の前にいる三十代と思《おぼ》しき女医は肌艶《はだつや》がよく、いかにも連日連夜していますという風貌《ふうぼう》だった。

「やはり、しているほうがいいんでしょうか」

「そうですね。何事もとおりをよくしておいたほうがいいですし、使っているほうが錆《さ》びませんから」

人のあれを水道管みたいに言わないでほしい。

「それに、やはり人生にはときめきが必要なんです。心の高揚感が潤《うるお》いをもたらすといいますか。韓流《はんりゅう》アイドルに夢中になった還暦の女性の月経が復活したという話も」

「そうですか」

還暦で再び初潮を迎えるのも甚《はなは》だ迷惑だし、私はまだ五十歳になったばかりだ。

「手っ取り早くホルモン療法を開始しますか。数値は確実にアップしますよ」

「考えます。主人とも相談して」

セックスよりもホルモン療法が手っ取り早いと断定されたのがくやしくて、主人に相談して、と付け加えてしまった。

自宅に戻ると五時を過ぎていた。プランターでノースポールがしょぼくれていて、敷石には落ち葉が散っている。一軒家はなんて面倒くさいのだろう。玄関をあけたらよろけて壁に頭突《ずつ》きをしてしまった。すべては更年期症状のせい、セックスしていないせいだ。

三和土《たたき》に腰を下ろしてうなだれた。めまいの次にホットフラッシュがやってきて、首から上が一気に熱くなった。こうなったらもう、汗が引くまでやりすごすしかない。観念して目をとじる。

「僕の小さな希望は、とざされた暗闇の中でのみ存在した」

ふいにつぶやいてしまいびっくりしたが、先程の小説をそらで覚えていたことのほうが脅威だった。同時に暗闇はいつでもつくれることに気づく。いくらまわりが明るくても、ひとたび目をとじてしまえば世界もとざされる。私以外の誰かの世界が神々《こうごう》しく輝いていても、私だけの暗闇は私がつくり、私だけの明るさも私がつくるのだ。

「おい、なにしてるんだ。寝てるのか」

目をあけたら夫がいた。ＬＬサイズの黒のトレンチコートが太巻きの海苔《のり》みたいに身体に巻きついている。私は額《ひたい》の汗を指で拭《ぬぐ》い、腰を上げた。

「おかえりなさい」

「なんだ、具合が悪いのか」

「悪いといえば悪いけど」

「どっちなんだ」

「とおりがよくないみたい。錆びているかもしれないわ」

更年期＝生理の終わり、という概念しかない夫にあれこれ説明しても疲れるだけだろう。

「しっかりしろ」

夫が靴を脱ぎ、私の横をすり抜けた。夫いわく、私には他者をないがしろにして妄想にふける癖があるらしい。だからいつも夫に、しっかりしろと諫《いさ》められる。八歳年上の夫は勤続三十八年の税務署職員で、私の元上司だ。新採用職員だった私は書類に貼った付箋《ふせん》でデートの約束をしたり、外線電話のふりをして内線で交わす密《みそ》か事に、胸をときめかせた。今は無駄に顔がほてるけれど、あの頃は恋がそうさせた。でももしかしたら夫のおかげではなく、秘められた関係に酔っていただけかもしれない。

詩子、と夫が私を呼ぶ。ひとり息子の緑郎《ろくろう》が独立してから、お母さん、が、詩子に戻った。いくらかましな夫婦の在り方だろうか。

「今夜はおでんよ」

あなたもしっかり（あれを）してほしいわ、という言葉を私は夫にぶつけたいのかもしれない。

『父は、僕の生存を確かめるように僕の身体《からだ》に煙草《たばこ》を押しつけた。最初は僕のうめき声を聞き満足していたのが、次第に足りなくなって、僕がのたうち回って泣き叫ばないと我慢できなくなった。「生きているのか」と僕の首を摑《つか》んで揺さぶりながら、父は僕に愛の印をつける。青紫の水玉模様だらけで震えてうずくまる僕は、人間ではなく昆虫のようだった』

昨夜の残りもののおでんを傍《かたわ》らに、Ａｍａｚｏｎで届いた本を読んだ。柊朱鳥の『わたしのいけない世界』、産婦人科の待合室で没頭しかけた作品である。作者名で調べたらすでに単行本化されていて、表題の作品がデビュー作だという。若干二十二歳、男性。マスコミを嫌うらしく、いくら検索しても髪で顔の八割が隠れている斜め四十五度のバストショットの画像しか出てこない。にもかかわらず鼻の高さと首の長さと長身ぶりが想像でき、正体を暴《あば》きたい欲に駆られる。ほぼ覆面作家としてデビューしたのは虐待というタブーをテーマにしているからなのか。描写があまりに生々しいので、すべて実話ではないかという噂《うわさ》も蔓延《はびこ》っていた。

ゆがんだ愛情の裏返しを糧《かて》に若くして文壇を騒がせ、文学賞にノミネートされるとも評されている。虐待など無論言語道断で、それゆえ正体を明かせないのだとしても、外側から見ればドラマチックな人生だ。少し癖のある髪が蔦《つた》みたいに顔と首筋を覆っていて、どことなく色っぽいのに、水がたまりそうにくぼんだ鎖骨があどけない。危《あや》ういバランスが、世の女性達の母性本能を刺激しているのだろう。おでんがすっかり冷めている。お昼ごはんの途中だった。箸《はし》で大根を突いたら、ダイニングテーブルでスマートフォンが振動した。ツイッターのＤＭだ。

『はじめまして。野沢想史《のざわそうし》といいます。二十二歳、大学生です。奨学金をいただいて大学に通っていますが、困窮しており、食事もろくにしていません。お恥ずかしいですが、ママになっていただけませんか』

微妙に頭の悪さがのぞくていねいな文章に、犯罪慣れしていない初々《ういうい》しさがあった。野沢想史という文学的な名前と柊朱鳥と同じ二十二歳という年齢に、惹《ひ》かれたのかもしれない。ついぼんやりと返信してしまったのだ。

『ママになって、何をすればいいのでしょうか』

するとまた即座に返信がきて、

『プロフィール見ました。僕もポエムさんと同じ東京に住んでます。食事だけでいいんです。ママ』

ママ認定されてしまった。

『今、私はおでんを食べています。おでんでよければ、すぐにご馳走できますが』

これでもう終わりかと思いきや、

『おでん大好きです。食べに行っていいですか』

終わらなかった。この手のやりとりは、綱引きに似ている。

『私が出向きます。どちらにいますか』

『東京都豊島区……』

住所とともに顔の画像が送信されてきた。落ちかけたパーマなのか計算されつくしたラフさなのか、無造作な髪がややバランスを欠いた目鼻立ちを愛嬌《あいきょう》よく見せていた。カットソーの襟《えり》ぐりがほつれているのはダメージ加工なのか困窮さゆえなのか、結婚年数と専業主婦年数が同じ私にはわからない。たとえば色艶のいい女医や若手男性作家を担当する女性編集者なら、明々白々なのだろう。こんな些細《ささい》なやりとりなど、鼻で笑って切り捨てるに違いない。

『わかったわ』

綱引き同様、どちらかが観念してしまうとあっという間に相手側に引っ張られるのだ。鍋のおでんをプラスチック容器に移し、リップクリームをぬる。グレーのツインニットにスカーフを巻き、ブローチで留めた。ホワイトゴールドのカメオは、結婚した年に夫から贈られた誕生日プレゼントだ。臙脂《えんじ》に白のフラワーモチーフは二十年以上経過しても色あせないのに、出番はまるでなしだった。

板橋《いたばし》区大山《おおやま》の自宅から池袋まで電車で六分、あきるほど行き来している場所に、おでんとブローチの取り合わせ。どうして私は、わかったわ、などとこたえたのだろう。お手軽なときめきがほしかったのだ。ママ活をしている男子を陰から観察するというときめきが。

『池袋西口（北）出口ウイロードで待っています』という追加のDMがきたのは、東武東上線《とうぶとうじょう》の改札を出た時だった。西口（北）という謎かけみたいな出口などあっただろうか。案内板に従って地下道を進むと、ひっそりとした出口に行き当たった。地上はいくらか賑《にぎ》わっていたが、東口や西口界隈より人もまばらで、いかがわしい様相だ。中華や焼肉の店が乱立し、視線を上げればマッサージやキャバクラの看板がひしめきあう。昼間から後ろ暗い娯楽に勤《いそ》しむのだろうか。そんなのは他人様《ひとさま》の勝手だけれど。ごま油やにんにくの匂いがただよってくる。今夜は中華にしようか。保温バッグのおでんはまだあたたかい。

「ママ……、ポエムさんですか?」

声をかけられて、振り向く。

ダメージ加工ではなくただのダメージ服を着た野沢想史がいた。なぜ私をママだと特定できたのか。ツイッターのトップ画にもツイートにも、顔画像はアップしていない。私の戸惑《とまど》いが

伝わったのか、

「それ」

とブローチを指さし、

「テディベアが、それをしていました」

野沢想史がはにかんだ。童顔で、声変わり前の中学生のような声だった。そうだ、トップ画はテディベア。首のリボンにブローチをくっつけていた。

「あのこれ、おでんです。容器も保温バッグも返さなくていいです」

急に恥ずかしくなって、保温バッグごと野沢想史に押しつけた。野沢想史は私の手ごとそれを受け取り、

「僕、ママ活はじめてなんです。本当にお金に困っていて、それで、あてずっぽうにＤＭを送っていて」

私以外にも多数送っていたのだろうか。野沢想史の手の熱さが、必死さをうったえている。しっかりしろ、と夫の声が頭の中でこだまする。

「いけないことだって思ったけど、でも、ポエムさんがきてくれて本当によかったって思っていて。おでん」

しっかりしろ、あぶなっかしい、俺がいないと何もできない。と夫は往々にして私を諭《さと》す。結婚して子育てして、何もできないとは何事だろう。息子は立派に巣立ったし、夫だって無病

息災、私の手料理の賜物《たまもの》ではないか。

「……おでん、どこかで一緒に食べませんか」

大根は米のとぎ汁で下拵《したごしら》えし、つみれも鰯《いわし》をすり潰して作った。

「どこかって、どこ？」

私の手が、野沢想史の手と同じくらい熱くなっていた。


野沢想史が私の手を握ったまま、ゆるゆると歩き、数メートルで止まった。背中越しに見上げればラブホテルしかない。私達も昼間からやましい情事を繰り広げるのだろうか。いや、私達はおでんを食べにきたのだ。

野沢想史は私のはんぺんのような皮膚《ひふ》にも、ちくわのような寸胴《ずんどう》にも、臆《おく》することなく果敢に挑《いど》んだ。紙みたいに薄いシーツの上で、私のあちこちに顔をうずめ、野沢想史そのものを差し入れた。女医のアドバイスなどてんで嘘《うそ》で、私のあれは錆びた水道管ではなくむしろ壊れて破裂した水道管だった。

「いただきます」

終わったあとに、野沢想史は手づかみでおでんを食べた。

「あたためたほうが」

私が裸のまま備え付けの電子レンジに向きなおるも、おいしいおいしいと言って次々にかじりつく。はんぺん、ちくわ、卵。ベッドに腰かけたまま背中をまるめ、腕時計だけを嵌《は》めてパンツもはこうとしない。

「あの、あなた、いくつだったかしら。ええと」

野沢想史という名前もはたして本名なのか。

「二十二です」

「大学はどちら」

「行ってません」

「奨学金は」

「ごふっ」

卵を喉《のど》に詰《つ》まらせたのか、野沢想史は急にむせた。

「大丈夫？」

背中をさすったら、

「ママ！」

と私の胸に顔を押しつけた。勢いでふたりそろってベッドに倒れると、再び野沢想史がすんなりと入ってきた。今何時だろうか。五時半までには中華の総菜を買って帰りたい。野沢想史の下半身はあきれるほど元気だが、とざされたまぶたに汗はにじんでいなかった。

まぶたの裏には、私ではない誰かがいるのかもしれない。私ではない女を内側で抱いて、外側にふれる肉で想像をおぎなっているのかも。

私も目をとじ、喘《あえ》いだ。まぶたの裏に誰かを探したけれど、浮かんでは消えていくのは三十代、四十代の夫だけで、気持ちはわびしくなるばかりだった。私の過去こそが、錆びついたものだったのだろうか。野沢想史と私が吐き出した汗や体液で、シーツは湿気を帯びへとへとになっていた。

先にシャワーを浴《あ》び、身支度《みじたく》をする。野沢想史は裸のままベッドに腰かけ、おでんを平らげて放心している。ここに泊まるのだろうか。ラブホテル代は前払いで、私持ちだった。

どこかで携帯電話が振動している。私のスマートフォンではない。ソファにある野沢想史のリュックの中だ。

「ねえ、携帯……」

「ママ」

プラスチック容器から直接おでんの出汁《だし》を飲み、野沢想史は笑った。

「おこづかいください」

ダイニングテーブルで、パスタを一本一本数えていた。以前読んだ小説に、一人前のパスタは八十本と書いてあったのだ。小説のタイトルは失念してしまった。

学生時代、私は小説家を夢見ていた。授業の合間にこっそり書きためたものを新人賞に投稿したが、応募総数はゆうに一千作を超えていて、たちまち萎《な》えた。小説家など神様に贔屓《ひいき》されないとなれないのだ、あるいは特殊な経験でもないと、とあきらめて平凡を邁進《まいしん》してきた。二十五年もたった頃になぜ、こんなことが起こったのだろう。

なりゆきとはいえ、あれから野沢想史——想くんとは何度か会っている。池袋の、同じラブホテルでセックスしたり、池袋の、駅地下でお茶をした。おこづかいは、ほしいと言われれば数千円をあげた。逢引《あいび》き？ いや、単なるママ活でセフレ、息子より若いセフレだ。三文小説より質が悪いのではないか。でも。

『書けばいいじゃないですか。遅れてきた特殊な情事に躊躇《ちゅうちょ》するふりをして、浮かれているのでしょう』

と言ったのは柊朱鳥だ。想くん会話を淀《よど》みなくこなせるよう、若者向けのネタをネットで検索していたら、柊朱鳥の公式サイトを発見した。公式というふれこみだが中の人は担当編集者かもしれず、私が掲示板に投稿したメッセージに柊朱鳥がいちいち目をとおしているとはかぎらない。でも核心をついた文面のしめくくりに『柊朱鳥』と記してあると、手書きでもないのに躊躇し、浮かれてしまう。遅れてきた特殊。パソコンのわきに置いたスマートフォンが振動した。

『ママ、今日は大学でした。お金がなくて学食には行けません』

想くんからのDMだった。大学は行っていない、のではなかったか。

『私のお昼ごはんはパスタです』

ちょうど鍋のお湯が沸いてきた。

『僕、ナポリタンが好きです。これから池袋の北口で会いませんか』

パスタ八十本を追加し、バジリコにする予定を急遽《きゅうきょ》ナポリタンに変更した。ナポリタンが好きだなんて子供っぽい、と苦笑しながら支度をする。子供っぽい、という形容になぜか体温が上がった。

ナポリタンを入れたプラスチック容器、ブローチ。池袋北口ウイロードは英語でWE ROADと書く。私達の道だ。東武東上線の車内で、想くんと私のあらましをテキストにしたため、柊朱鳥の掲示板に投稿した。更年期症状、夫婦関係、ママ活、Sくん、セックス、水道管破裂、セックス、おでん、ナポリタン。ものの数分で全部網羅だ。私の、降ってわいた特殊。掲示板は不特定多数が読み、書き込みもしている。でも柊朱鳥が返信しているのは、どうしてか私だけなのだ。柊朱鳥に特別扱いされている事実が、私をうずかせる。

『素敵じゃないですか。どんな世界でも、あなたの、ポエムさんだけのかけがえのない世界です』

『ママ、着きました。まだ着かないですか？』

『素敵でしょうか。陳腐ではありませんか』

『ママ、何を言ってるの』

池袋駅のホームで、ベンチに座りながら唖然《あぜん》とした。メッセージとＤＭの返信を混同している。モバイル通知が交互に現れては消えていくのだ。額に手をのせるといくらか発汗していて、めまいもある。でも「しっかりしろ」という夫の声は聞こえないし、身体の熱さもわずらわしくはない。なんだろう、これは。子供っぽいと、想くんを、男の人を形容した時に感じた、高揚みたいなもの。更年期は第二の思春期だとテレビで誰かが言っていなかったか。

『ごめんなさい、今、駅に着いたの。今から行くわ』

ちょうど滑り込んできた電車の窓に、私の顔が映る。くすんでもしょぼくれてもいない、ホワイトゴールドのカメオが似合いの、潤いに満ちた女がそこにいる。

『私は、素敵でしょうか』

『素敵ですよ』

柊朱鳥の言葉が私を瑞々《みずみず》しくしたのか、セックスの効用なのか、わからない。五十歳を過ぎて、人生の仕切りなおしとか、新たな生きがいとか、そんな気もないし、考えてもみなかった。ただ五十年、流されて生きてきて、初めて自分の意思で決めたのだ。他人《ひと》から見たら陳腐で痛い、けれども私だけが君臨する、かけがえのない世界。

ウイロードで、肩をすくめて待つ想くんはみなしごのようだった。この子はこんなに、さみ

しそうだっただろうか。歩みよる私を認め、マ、と唇《くちびる》をひらく前に、私は想くんの首に腕を回し、

「お腹《なか》がすいたわ」

とささやいた。マッサージやキャバクラの看板が霞《かす》んでいく。どこかやさぐれた人々が集《つど》う、池袋の雑踏が、荒涼とした景色が、透明になっていく。想くんの首から背中に腕を移動し、力を強める。周囲の喧騒《けんそう》が飛び、今、がかたまった。時間は止まるのだ。何度もめくっては戻り、めくっては戻った小説のページみたいに、きっと記憶に残る。想くんではなく、私は私だけの光を抱きしめていた。

一度目は偶発でも、二度目からはたくらみしかない。いつものラブホテルで、はじめて私から想くんの服を脱がせた。「ママ、僕、自分で」と駄々をこねる口を口で塞《ふさ》ぎ、片手でブローチを取りベッドサイドに置く。ティッシュボックスの隣にコンドームがあったので、

「一度やってみたかったのよ」

と想くんのあれにあててみた。ねばついたゴムが先端を覆う。そのまま手で装着しようとしたのにうまくいかない。やめてよ、と想くんは腰をくねらせた。

「これ、表とか裏とか、サイズもあるのよね」

「いいよ、僕、自分でやるから」

「そういえば、今までつけてなかったわよね」

「ごめんなさい」

本体のみ萎縮した。別に今さら妊娠もしないだろうし、中でも外でも、どこでいこうがかまわない。私はコンドームを床に放って、想くんにまたがった。手首をつかんで組み敷く。腕時計を嵌めたままだと無粋だろうかとベルトにふれると、いやいやするみたいに想くんは首を振った。ごつくて重そうな腕時計。文字盤にはＴＵＤＯＲ。常に同じものを着けている。大切な品なのか、裸に腕時計というフェチなのか。あきらめて耳たぶを舐《な》めまわす。じきに想くんは目をとじるだろう。確かめる前に、私が目をとじた。『素敵ですよ』という文字を低くて鼻にかかった声に変換し、顔の八割が髪で隠れた斜め四十五度の柊朱鳥を３Ｄ化する。私の眼下でため息をもらしながら『素敵ですよ』と何度も言い、少し癖のある前髪を小刻《こきざ》みに揺らしながら、見え隠れする目は私をとらえて離さない。ベッドの上で身体をゆらしながら、私の思考がおぼろげになった。数時間後に、私は帰宅して夕食を作る。今夜は鰤《ぶり》大根とごぼうのサラダ。夫婦の会話は少なくても、テレビがしゃべっていてくれる。夫のおかげで、気持ちのいい、けれど屑《くず》みたいな情事が粉雪みたいに切なく思えるし、想くんのおかげで、慎《つつ》ましい平和が愛おしく思える。想くんと私は、お互いを想像で補い合っている。共存共栄。特殊は、普通の生活を営んでいるからこそ、特殊なのだ。だとしたら柊朱鳥は、生まれてこのかたずっと特殊なのだろうか。

『素敵ですよ』

まぶたの裏で、柊朱鳥が私の頬《ほお》を撫《な》でた。

同時に、想くんが果てた。目をあけると、想くんはすでに目をあけていて、息を乱しながら私をまっすぐに見つめていた。青白い白目と澄《す》んだ黒目。そそのかされたのは私なのに、すでに私が上になっている。

「……お腹がすいた」

大の字になったまま、想くんがつぶやいた。

「ナポリタン作るわ。あ、もう作ってあるけど。コーヒーも淹《い》れましょうね」

コーヒーのソーサーにナポリタンを盛りつけ、電子レンジであたためる。電気ポットに水をそそぎ、コンセントにプラグをさした。

「あ、ごめんなさい。フォークじゃなくて割箸を持ってきちゃったわ。私、そそっかしいのよ。だからいつも……」

チン、と電子レンジが鳴った。

「だからいつも?」

想くんは上半身を起こしていた。こめかみに汗がにじみ、本体もあれも、くったりしていた。

「なんでもないわ。やだ、風邪ひいたら大変」

ガウンを想くんに着せてから、ナポリタンと割箸を渡す。ポットのふたが蒸気でぐらつく。

「お砂糖とミルクは入れる?」

とドリップパックを開封したところで、自分が裸のままだと気づいた。巨乳といえば聞こえはいいが、弾力を失った乳房はおへそに接近し、おへそ自体もお腹の脂肪に圧迫されかけている。たるんだお尻は四角くなり、太ももとの境目もないだろう。

「砂糖とミルクひとつずつ」

「そう。ちょっと待ってね」

いいのだ。私の容姿など、想くんの頭にも心にも刻まれていない。

「です。ママ」

想くんの物言いは独特だ。吃音《きつおん》なのだろうか。句読点の付け方がずれていて、深層心理が中途半端に体内にこびりついているようなのだ。今時の若者は皆こうなのだろうか。想くんはひと口食べて、まばたきをした。

「これ、手作りだよね」

「そうよ。でもナポリタンは簡単だから」

「おでんも手作りだった。コンビニのとは全然違った」

「ごめんなさいね、安っぽいわよね。今度は何かおいしいものを食べに行きましょう」

ナポリタンを頬張りながら、想くんは首を振った。

「顔が見えない食べものは、いや」

床に唾《つば》が飛ぶ。私は想くんの頰に手をあてた。

「ゆっくりでいいのよ」

「です。顔が見える食べものがいい」

「ありがとう」

「おいしい、すごくおいしい」

想くんはナポリタンを吸うように食べ、合間にコーヒーを飲む。コーヒーカップに付着したケチャップは血糊《ちのり》のようで、私は突然罪深さにおののき、裏腹に、誰彼かまわず叫びたいほどの歓喜におちいった。背徳感とは、諸々の行為、セックスよりも満ちたりるものなのだ。不倫が廃《すた》れないのは、誰しもが秘密を抱えたいからで、秘密を飼い慣らしている自分は他人よりも格上だと信じたいからだ。体裁はさておき、性を絡《から》ませるのが一番たやすい。形はどうあれ、必要とされているだけで自己が保てる。

「ママ、何がおかしいの?」

想くんが、ガウンで口元を拭う。私は床に散らばった想くんの服をたたんで、テーブルにのせた。擦り切れそうなジーンズ、毛玉のついたセーター、襟ぐりのほつれたカットソー。近くで携帯電話が振動した。ソファにある想くんのリュックのファスナーがあいていた。スマートフォンの画面表示は『ババア』。

「ねえ、何がおかしいの?」

想くんは着信を無視して、忙《せわ》しなく爪《つめ》を噛《か》みはじめた。その様子に、急に背筋が寒くなる。私もかなり汗をかいたのだ。発汗はふいをついてやってくるから困ってしまう。悪寒《おかん》はきっと発汗のせいだ。

「なんでもないの。そろそろ帰らなきゃ。あ、残りのナポリタンは持って帰っていいわ。容器もあげる」

そそくさとシャワーを浴びた。着替えている間に着信は切れ、私は振り向きざまに言った。

「おこづかい、五千円でいいかしら」

産婦人科の待合室で穏《おだ》やかな女の顔を見るたびに、この人達の裸の顔はどんなに醜《みにく》く輝くのだろうと想像しそうになる。理性の奥底にある本能は、むきだしの醜悪さだからこそ高尚なのに、本人はそれを恥とばかりに知らんぷりで日常をこなしていく。していません、という純潔ぶった雰囲気をまといつつ、していない、ではふがいないのだ。

番号案内表示に、私の診察券番号が大写しになった。

診察室に入ると、血液検査の結果が一枚デスクに広げられていた。女性ホルモンの診断結果だ。

「最近、ホル活をなさったんですか。ときめき具合が数値にあらわれています」

ホル活。ママ活ならしています、と言いそうになった。

「いいえ、特には」

「大豆《だいず》由来のサプリメントか漢方薬を処方して、様子を見ましょうか」

「じゃあ、サプリメントを」

女医はパソコンに何やら入力した。細い手首には大ぶりのバングル。近年、腕時計をする人は減少した。パソコンに携帯電話、時計のデジタル表示はいたるところにある。

会計を待つ間、スマートフォンでＴＵＤＯＲを検索した。ロレックスの兄弟ブランドとして誕生し、値段は三十万円前後から百万円以上まであるという。

診察代はサプリメントを含めて四九六〇円だった。商店街で夕食の買物をすませ、帰路につく。今夜は蒸し鶏《どり》の味噌和《みそあ》えと小松菜と厚揚げの煮びたしだ。

六時に夫が「ただいま」と玄関をあけ、私は「おかえり」とガスコンロで主菜とお味噌汁をあたためる。食卓を整え、向かい合っての「いただきます」の直後にテレビをつけたら、

「それ、取ったら。邪魔だろう」

夫が、私の首元を指さした。スカーフを巻いたままだった。

「ああ、忘れてたわ」

スカーフを留めたブローチをはずす。ホワイトゴールドのカメオ。夫が私の誕生日にプレゼントしてくれた。

「しっかりしろ」

夫が蒸し鶏を咀嚼《そしゃく》する。

「しっかりしろ」

と私は夫の口癖を真似て、頬杖《ほおづえ》をついた。味噌まみれになった夫の口元を眺める。テレビではクイズ番組をやっていて、現役東大生が驚異的な速さで難問を解いていた。

「私の小さな希望は、とざされた暗闇の中でのみ存在した」

「ん？　クイズのこたえか？」

「そうよ」

小説の一節の、僕を私に置き換えた。夫には永遠に解けないこたえだ。そうか、と夫はお味噌汁をすする。全部食べてくれるのだから、きっとおいしいのだ。「おいしいおいしい」と豪快に平らげる代わりに、「しっかりしろ」と言い放つ。夫にとってしっかりしていない私は、自分がしっかりした夫でいるために必要な存在で、だから私はしっかりしなくてもいい。夫が良き夫でいるために、私はそそっかしくておっとりしていて、どこか抜けた妻でいる。ここが、ひらかれた日向《ひなた》の場所。

「詩子。これ、余分にあるか。明日お弁当にして持っていきたいんだけど」

夫が、鶏肉と厚揚げを箸で突《つつ》いた。

「あるけど。めずらしいわね、お弁当なんて」

「来週、署の健康診断があるんだ」

「いいわよ。取り分けておくわ」

私はプラスチック容器を四つ、用意した。


池袋の北口で、ひとり過ごすのは初めてだった。ビジネスホテルの二階にある喫茶店は、重厚な家具でまとめられ、一見粛々《しゅくしゅく》としているのに、うらぶれている。私の席にはプラスチック容器ふたつとコーヒー。今日は約束していないし、想くんからのDMもない。今朝、私は数ヶ月ぶりに夫にお弁当を作った。おにぎり二個と昨夜のおかず二種類とプチトマトと茹《ゆ》でたブロッコリー。私は、夫が稼《かせ》いだお金を想くんにあげている。うしろめたさなど微塵《みじん》もない。女性ホルモンの数値や体調管理に一役買っているうえ、人助けにもなっているのだ。これを爽快と言わずして何だろう。

『僕は子供で、自分の意思があるかなしかの年齢で、言い換えれば良き悪《あ》しきもわからなかった。ただ差し伸べられた手をつかんだだけだ。その人は僕よりは年上だったが、大人ではなく、女だった』

柊朱鳥の小説を読む。大人ではないのに女というのは、どういう女《ひと》なのだろう。冒頭によると、女の子は十二歳で、すでに女だったという。初潮を境目として、という意味ではないことくらい、私にも肌感覚でわかった。

『閉じ込められたというのに、僕の世界はひらかれた。その人が僕にいけないことをしているのは、本能でわかっていたのに、本能の別の部分で、僕はその人を求めていたのかもしれない』

これは恋愛小説ではない。もっと、何か、生々しい絆《きずな》の話だ。本来、覗《のぞ》いてはならない、ふたりだけのいけない、素敵な世界。誰もがこんな世界を、築けるのだろうか。

飲まれないまま冷めていくコーヒー、風呂敷に包んだプラスチック容器ふたつ、小説に目を泳がせる中年女性。池袋の北口界隈は、謎というか不気味な存在も包括してくれる。すべて肯定してくれる。ジャングルみたいに配置された観葉植物も、癒《いや》しではなくお客が身をひそめるためにあるようだ。有名ブランドを模したカップとソーサーも、安っぽいのにいじらしい。ガラス戸があき、場違いな女性ふたりがやってきた。二十代後半だろうか、両人とも洒落《しゃれ》ているけれどまとっている空気が対照的だった。片方はパンツスーツに一糸《いっし》乱れぬシニョン、いかにも勝気で仕事に没頭していそうだ。もう片方は、濃紺のニットワンピースに薄いメイクで、地味なのに、妙な吸引力がある。額縁《がくぶち》に収めたいほど、造作が研《と》ぎ澄まされているのだ。憂《うれ》いがあるのが、かえって妖艶《ようえん》だった。

ふたりが、ついたてを挟んで私の隣に座る。私はツイッターに夫のお弁当と、お弁当箱に詰める前のおかず二種類の画像をアップした。ここにあるものと同じプラスチック容器だ。他意はない。他意はないのに、私はなぜ池袋北口にいるのだろう。

『素敵ですよ』と柊朱鳥は言った。私は素敵を生きている。『喫茶店でひとり読書中』と続けてツイッターにコーヒーとここにあるプラスチック容器を、わざわざ風呂敷をほどいてアップした。スマートフォンを持つ手が熱い。ＤＭがきた。

『ママ、今、北口にいるんですね。行っていいですか』

画像に、喫茶店の名前が印字されたメニューも映っている。

「夫が」

と言ったのは私ではない。

『きて』

と私は返信した。

「夫が、はずすなって。これ、首輪なのよ」

と言ったのは、隣の女だ。私は身体をずらし、ついたての向こうを覗き見した。額縁の女が首に手を添えている。そういえば黒いチョーカーをしていた。

「なにそれ、犬じゃあるまいし」

パンツスーツの女が、声高にまくしたてる。

「犬なのよ、私。もう、限界なの。だからこうやって、仕事のお願いをしているのよ」

「独り《ひと》立ちしたんだったら、何でもやる覚悟を決めてよ。選り好《えごの》みなんかしないで」

「わかってるわ」

「それなら、単独取材をやりなさい。幼なじみなんて、他を出し抜くチャンスじゃない」

額縁の女が、髪を耳にかけた。爪は無色で、あえて色を封印しているというようだった。

「……柊朱鳥を?」

本がテーブルから落下しそうになったので焦《あせ》って右手を伸ばしたら、左肘《ひじ》にぶつかったプラスチック容器がふたつ足元に転がった。拾ってくれたのは想くんだ。私は両腕で本を抱えたまま、

「今日生理なのよ」

と笑った。想くんは棒立ちで、

「それ」

と言った。

「ひいらぎ……?」

私が胸にぎゅっと押さえ込んだ本を凝視している。左手にはごつい腕時計。

「ひいらぎ、あすかよ」

「が好きなの?」

「ええ。彼の本、すごくおもしろいの」

本をバッグにしまい、想くんにメニューを差し出す。プラスチック容器は上下さかさまに置

かれ、汁がテーブルへもれていた。床に落ちた時にふたがずれたのだろうか。通りかかったウエイトレスに想くんがコーヒーと告げ、私はプラスチック容器とテーブルをナプキンで拭《ふ》く。

「これ、よかったら。なんとなく持ってきちゃったの」

「旦那のお古だ」

ツイッターを見たのだろう。夫に作ったお弁当。お弁当はともかく、私自身に当てはめれば確かに旦那のお古かもしれない。

「想くん、その腕時計。お母様から買ってもらったの？　その、本当のお母様」

昔、一度だけ息子の緑郎に「ババア」と罵倒《ばとう》された。のちに判明したのだが、当時中学三年生だった緑郎は教師に理不尽な扱いをされ、やり場のない怒りを持て余していたらしい。反抗期も相まって、私を八つ当たりの矛先《ほこさき》にしたのだろう。

「母親、なんか、いない」

想くんは、実情、お金に困ってなどいないのだ。

「母……、バ、ババアなんか、い、ねえよ」

微妙に頭の悪さがのぞくていねいな文章、犯罪慣れしていない初々しさ。想くんが発する言葉や態度は、ぶっきらぼうでも折り目正しかった。

「いいのよ、べつに。無理しないで」

躾《しつけ》は良くても、ぬくもりまで浸透するとはかぎらない。完璧な家庭も、両親も子供も、存在しない。日向となる環境は案外、自分では選べなくて、だから人は、日影を求める。日影、日陰。かげという字はどうしてふたつあるのだろう。

「こ、こんなもの、売りとばす。金とか物とか、そんなもん、いらねえ。金なら自分で稼いで、出てって、やる」

隣の女達が席を立つ。額縁の女のチョーカーは黒光りしていて、遠目にも高価だと察しがつく。想くんのTUDORの腕時計も、夫のひと月分の給料より高いかもしれない。ホワイトゴールドのカメオはいくらだっただろうと思いをめぐらす。

「想くん、お腹がすいているんでしょう?」

蒸し鶏の味噌和えと小松菜と厚揚げの煮びたしを並べ、ふたをあける。

「やだ、今度は割箸を忘れちゃったわ。どうしましょう、コーヒースプーンじゃ食べづらいわね」

食べづらい以前に、喫茶店に自作のおかずを持ち込むほうが非常識だ。想くんはコーヒースプーンを駆使し無言で口に運び、

「ごふっ」

鶏肉を喉に詰まらせたのか、急にむせた。

「大丈夫?」

お水を渡そうとした私の手を、腕時計をした手で握りしめる。

「……ママ」

想くんは泣いていた。想くんはきっと、「ババア」などと母親を罵倒していない。勇気を振り絞って、腕時計をはずそうともしない。

私はブローチを取ってテーブルにのせた。

「これと腕時計を交換しましょう。腕時計、私が売ってきてあげる」

チョーカーに腕時計。装飾品は拘束具にもなる。私のブローチは、私が夫に属している証明で、私は無意識に、それを課していたのかもしれない。

「こんなの、もらえないよ」

「でも、うん、あの、ほ」

「担保みたいなものよ。売ったお金とまた交換してくれればいいわ」

「ゆっくりでいいから」

吃音気味の想くんを慮《おもんぱか》る。想くんの腕で秒針が時を切り刻む。

「ほ、ホテルに」

「今日生理なのよ」

嘘だった。

「しなくていい、お金も」

「何をすればいいの?」

「いらない。ごはん」

「出ましょうか」

「食べたい。一緒に、ごはん」

想くんの顔は涙と鼻水でぐしゃぐしゃで、池袋の北口でも珍客のようだった。というより、ふたりそろって不憫《ふびん》な客なのかもしれない。

想くんがぎこちなく腕時計をはずして、私に握らせた。私はプラスチック容器を無理やりバッグに押し込むと、ブローチを想くんに握らせ、

「出ましょう」

立ち上がって、想くんにリュックを背負わせる。まっさらになった想くんの手首は、白くて心もとなくて。

噛みつきたいほど、可愛《かわい》らしかった。


昼間でも、ラブホテルは薄暗い。間接照明は方々にあるのに、どれもこれも身をひそめていて、控えめに照らす。見たいものは、陰になっているほうがそそられるのか、影にして後ろめたいものを隠すのか。

白いシーツをレジャーシートに見立て、想くんと私は服を着たままベッドの上で食事をし

た。おかずをソーサーに取り分け、想くんに渡す。私はコーヒーだけを飲み干した。

「私、これから腕時計を売ってくるわ。このへんなら、リサイクルショップがあるわよね」

「え、これから？　ひとりで？　僕……」

「こういうのは決心が鈍《にぶ》らないうちがいいのよ」

「う、うん」

「私は夕方までに帰らなきゃだから、今、すぐ行ってくるわ。想くんはここで食べてて」

「うん、マ……」

正座をして、想くんは厚揚げをコーヒースプーンで崩していた。

「……ポエムさん、早く、帰ってきて」

うつむいて、厚揚げをちまちまと食べる。骨ばった左手首を私はそっとつかみ、舌で一回だけ舐める。

「わかったわ。待っていてね」

スカーフを巻きなおし、お財布だけを持った。ブローチのない首元は、いくらか寒々しかった。

三十分ほどで戻ると、想くんはいなかった。からになったプラスチック容器ふたつが所在なげに放置され、コーヒースプーンは床に落ちていた。ベッドは、ほのかにあたたかい。DMをしようと、スマートフォンをタップする。DMが送れない。ブロックされたのだろうか。いや、違う。

ツイッターのアカウントがなくなっていたのだ。

私のブローチごと、想くんが消えた。

『僕の身体から痣《あざ》や傷が消滅し、痛みから解放されると、次第に僕は不安になった。僕を縛る印がなくなっていく。僕を救ってくれた女《ひと》は僕を閉じ込め、懸命にぬくもりをおしえてくれたけれど、目に見える証拠がないのだ。だから不安にさいなまれる。誰かの所有物でいるかぎり、自分を生きられない。でも僕は、誰かに縛られないと、自分を見出せない』

産婦人科の待合室で、柊朱鳥の小説を読む。読み終えたくなくて、同じ個所をいったりきたりしている。名残惜《なごりお》しいのだ。大豆由来のサプリメントを服用して一ヶ月、体調は可もなく不可もない。

帰宅すると、庭のプランターにはノースポールに交ざって、クリスマスローズが咲いていた。そういえば産婦人科の窓際に、ポインセチアやクリスマスのオーナメントが飾られていたかもしれない。黄昏《たそがれ》色もひときわ深みを増している。おでん、ナポリタン、蒸し鶏、今夜は何にしよう。想くんが消えて、ツイッターのアカウントも復活していなくて、一ヶ月、もうすぐ十二月なのだ。冷凍庫をあけたら合挽肉《あいびき》が目についたのでハンバーグに決める。お肉をレンジで解凍し、みじん切りにした玉ねぎを炒め、ボウルに卵を割り入れる。想くんは、しょっちゅうむせていた。喉に食べものが痞《つか》えたのではなく、胸の底に封印した何かが暴れ出すと、むせたりどもったりするのだ。

『……僕の小さな希望は、とざされた暗闇の中でのみ存在した』

小説の一節のように、想くんの希望は、薄暗いラブホテルの中でのみ存在した、と信じていた。いつしか、私が想くんを救えるんじゃないかと、ふれあう最中《さなか》に、私自身よりも肌が、そう高《たか》を括《くく》っていたのだ。

ハンバーグをこねて四つに分ける。四つもいらない。ボウルに戻し、またひとつにまとめる。

手を念入りに洗い、スマートフォンをタップした。お気に入りに登録したページをひらく。掲示板にメッセージを投稿した。

『彼は私の前から消えました。私の手元には腕時計を売ったお金、二十五万円（箱や保証書といった付属品なしでこの金額です。元値は相当高価だったのでしょう）が残りました。私にとって彼は性欲のはけ口、日常の鬱憤《うっぷん》解消、生きたホルモン剤でした。私は彼を好きではなく、彼の中にある男性性に恋をしたのです。私は彼の身体も、顔も、見ていない。私の頭の中にはつねに、別の男《ひと》がいたのです。もちろん、夫ではなく』

柊朱鳥が『素敵ですよ』といった世界は、素敵に終わらせたい。余韻をただよわせて、これを読んでいる人に私を、素敵な人だと思わせたい。柊朱鳥の中で息づく私は、ここにいる本物の私ではないにしても。

ハンバーグのたねをふたつに分け、熱したフライパンにオリーブオイルをたらす。

想くんは、どうして消えたのだろう。

「ハンバーグか」

背後で夫の声がした。肉汁の匂いが充満している。慌てて換気扇を回した。

蒸した野菜とハンバーグがのったお皿を、ダイニングテーブルに置く。ネクタイをほどいたワイシャツ姿の夫が、箸でハンバーグをほぐしはじめた。

「あ、ごめんなさい。ナイフとフォークのほうがいいわよね」

「いや、ハンバーグ、うちではずっと箸だろう」

「そうだったわね」

「久しぶりだなと思って。ハンバーグ」

「そうね。ケチャップつける？」

「いや、大根おろしとポン酢がいいな」

「そうだったわね」

数年前から、肉料理は和風の味付けになっていた。私はチューブの大根おろしとポン酢を冷蔵庫から出し、ついでに青じそを刻んだ。

「詩子、少しやせたか?」

「そうだったわね」

テレビをつける。天気予報をやっている。冬の深まりに乾燥指数。あとひと月で年をまたぐ。想くんははたして、大学生だったのだろうか。

「しっかりしろ」

「そうだったわね」

夫の声が、子守歌に聞こえた。夫に向きなおるも、夫は目を伏せていて、私じゃなくハンバーグと対峙《たいじ》している。ねえ、あなた、私のあれは破裂した水道管みたいなのよ。泉みたいにあふれてくるの。知らないでしょう。私は、息子より若い男の人と世界を築いたのよ。息子より若い男の人ふたりと、陳腐で痛い、世界を。


これ、手作りだよね?

涙がにじむ。お味噌汁に口をつけてごまかす。下品な音を立てて、お味噌汁をすすった。

柊朱鳥が新刊出版記念サイン会を開催するらしい。告知は公式サイトでのみ発表された。指定された書店で新刊を購入した先着五十名を、同ビルの地下にあるイベントスペースに招待するという。発売日は明後日、十二月の頭だ。突如開催が決定したのだろうか。

掲示板はサイン会の話題がもちきりで、書き込みもかなりの量になっていた。私はページを遡《さかのぼ》り、自分の書き込みを捜した。想くんとの別れを綴《つづ》ったものだ。返信の数が〝1〟になっている。柊朱鳥だ。

『それでも、あなただけの素敵な世界です』

私は当日駅ビルにある書店に駆けつけた。開店の四時間前だというのに行列ができている。私のように始発電車で来たか、前のりしたのだろう。ざっと数えて三十人、ほとんど女性だ。通勤客が足早にすぎさり、私のうしろにも人が並ぶ。一時間後、ひとつ前にいた同世代らしき女性と結託し、交代で朝食を食べに行った。大通りを挟んだ先にあったファストフードで、ドーナツとコーヒーを注文する。ウールのコートを椅子《いす》にかけ、スマートフォンを操《あやつ》った。

柊朱鳥の公式サイトが更新されている。

サイン会の詳細だ。画面をスクロールすると最後に注意事項があり、その下に、主催者のプロフィールと写真があった。

『企画構成・志摩佳月』

額縁の女だ。池袋北口の喫茶店にいた、黒いチョーカーの。柊朱鳥と幼なじみと言っていた。大手出版社勤務を経てフリーライターに転身したという、額縁の女の挨拶《あいさつ》文はこうだ。

今回のイベントは柊朱鳥からファンへの感謝表明であるため、マスコミはシャットアウト、SNSへの情報流出は厳禁、最初で最後の貴重な時間となるだろう。

そっけなさとあざとさがないまぜになったような文面だ。シニヨンの女は額縁の女に、他を出し抜くチャンスだと煽《あお》っていなかったか。

柊朱鳥が顔を公表するかもしれない。その噂だけで、マスコミやSNSが話題にあげている。

ドーナツを胃に押し込み、コーヒーを飲む。大通りを挟んだ駅ビルには、さらに人が増えていた。

開店時刻に整理券が配布され、私は三十二番だった。サイン会開始は一時、地下のイベントスペースで行われる。あと三時間もあるけれど、私は書店を離れなかった。額縁の女がすでにいるかもしれないし、柊朱鳥もひそんでいるかもしれない。ふたりがどんな関係だろうと、私には無関係だ。ただ、額縁の女が美しかったから、柊朱鳥もやはり美しいのだろうと合点がいったただけだ。幼なじみにしてはいささか年齢差がありそうだけど、つまり、上下関係と年齢差が比例しているのだろうか。額縁の女のあざとさは、そこからきているのか。思わず私は爪を噛んだ。イライラしている？　まさか。ふたりがどんな関係かなんて、私には無関係なのだ。特殊同士の結びつき、小説家とフリーライター、やっぱり神様に贔屓されている。

文芸書コーナーをそぞろ歩く。毎日たくさんの本が生まれて、大勢の主人公の人生が綴られていく。私はいつも、主人公の陰になった人達はどう過ごしているのかと、そっちばかりを気にしていた。主人公が想い人と添《そ》い遂《と》げた陰で、何人の女や男が泣いているのだろう。主人公の想い人は主人公に隠れて、泣いている女や男と、いけない情事にふけっているかもしれない。その陰の部分に、光があたることはないのだろうか。

背中に人がぶつかった。スマートフォンを見ると一時間以上たっている。もうお昼時なのだ。お腹などちっともすかない。

スマートフォンでツイッターを確認しようとして、やめた。書店を出て、駅ビルの案内板に従ってトイレへ向かう。人がまばらになった通路を曲がると、額縁の女とシニョンの女がいた。

思わず壁際に身をひそめる。

「まったく、しっかりしてよ佳月」

シニョンの女だ。尖《とが》った声音は、叱《しか》っているというよりあきれている。

おずおずとふたりの様子をうかがう。

「ごめんなさい」

額縁の女は、相変わらず黒いチョーカーをしている。夫の飼い犬だと自嘲していた。美貌に恵まれ、おそらく金銭的にも恵まれ、奥ゆかしく、それゆえ鼻につく。魅力を自覚していない、ふりをする女ほど嫌なものはない。

「彼はどこに行ったの。もうすぐはじまるっていうのに」

断じて、柊朱鳥の幼なじみだから嫉妬《しっと》しているのではない。ただ、いけすかない。この手の女は、女ならもっとも遠ざけておきたいタイプなのだ。

「狭くて薄暗い場所」

「え、どこよそこ」

「たぶん、……トイレじゃないかしら」

額縁の女が首に手を添える。はずしたくてもはずせないのだろうか。属していることで安心しているのか。思わず私も、首に手を添えた。ブローチは、とうにない。

「トイレか。それならしかたないか。にしても遅い」

シニョンの女が腕を組んだ。友達だか仕事仲間だか、こんないけすかない額縁の女と連れ立っているシニョンの女は、よほど強靭《きょうじん》なのだろう。

額縁の女がうつむく。

「なによ」

「その、彼には、籠《こも》る癖があるみたいなの」

「籠る、って。出てこないっていうの？　トイレって、個室？　どういうことよ」

「だから」

だから、と言い淀み、またうつむく。

「佳月、スマホ貸して」

シニョンの女が靴を鳴らし、額縁の女からスマホを取り上げた。ややあって、天を仰いでため息をつく。

「ダメだ、電話にも出ない」

「私が、行くわ」

額縁の女が顔を上げた。さぞかし慌てふためいた表情だろうと、想像した。

「行くって、佳月。男子トイレだよ、個室なんでしょう？」

「行くわ」

私は、息をのんだ。

ほほえんでいたのだ。額縁の女が、一瞬だが、ほほえんだ。

額縁の女が通路の先へと急ぐ。裏腹に、シニョンの女は書店へ戻ろうとする。私は額縁の女を追った。

男子トイレの表示が見えた。額縁の女がドアの向こうへ消えた。私が引き戸に手をかけた時、

「見つけた」

肩をつかまれた。

振り向くと、想くんがいた。

無造作な髪は顎《あご》あたりまで伸びていて、輪郭が面長《おもなが》に感じられた。

「想くん、どうして」

どうしてここにいるの。どうして、ツイッターをやめてしまったの。

どうして、消えてしまったの。

想くんの、目鼻立ちがやや鋭《するど》くなっている。やつれたのだろうか。

「想くん、ちゃんと食べてるの?」

襟ぐりのほつれたカットソー、ダメージジーンズ。羽織っているのはロングコートだ。秋の終わりから冬の只中《ただなか》へ、季節がめぐったのだ。

「ねえ、想くん、大学は?」

「うるさい」

想くんは一喝《いっかつ》した。うるさいうるさい、と激しく首を振る。私は、トイレのドアノブから手

を離せないでいた。

ドアを隔てて、柊朱鳥と額縁の女がいる。

「想くん、私」

想くんが、グーにした左手を突き出した。

手のひらをひらくと、私のブローチがあった。ホワイトゴールドのカメオ。

「ポエムさんは、やっぱり、あの男に会いにきたんだ、な」

私がブローチにふれようとする寸前で、想くんは再び手をグーにした。

「想くん、ずっとお金を返さなきゃって思ってたの。腕時計を売ったお金よ。今日は持っていないけど、必ず」

「二十五万円？」

想くんが肩をゆらした。顔を引きつらせて笑う。目が、血走っている。

「なんで、知ってるかって、思ってんだろ。僕、見たんだ、ネット。僕とポエムさんのこと、あの男に、売りとばしただろ。あの男の、気を引くために、僕とポエムさんの話を、あの男に、チクったんだ」

全身がふるえた。柊朱鳥の公式サイト、掲示板にしか打ち明けていない秘密。

「どうして」

ドアノブをつかむ手が汗ばむ。あの日、想くんの腕時計を売りに行ったわずか三十分の間に、ホテルに残された想くんは柊朱鳥の公式サイトを探しあて、掲示板を読んだのだ。

「想くん、あれは」

「そう、だよね、僕とセックスした時、超、気持ちよさそう、だったのに。僕のことが、ほしくてたまらなかったくせに」

「ええ、そうよ」

それは確かだ。

私は想くんが、想くんの身体がほしくてたまらなかった。

「でも、ポエムさんは結局、僕を、見てなかった、んだ」

「想くん、それは」

それは想くんだって同じでしょう。あなたにとって私はママ、母親の張り子で、母親と同世代の身体と熱があればよかった。手作りの料理とうっとうしい世話で、私を母親になぞらえていた。母親に。

「僕がほしいくせに、僕を、見てなかった」

想くんは、今、私をママと呼んでいない。

ポエムさんと言い続けている。

「……想くん」

想くんが泣いている。いったんなだめたほうがいいと、私は、

「ごめんなさい」

想くんの頬に手をあてた。

私の腕に鈍い痛みが走った。

「ポエムさん。とりあえず、あやまって、よしよしって、しておけばいいって、思ってんだろ」

想くんが、私の腕にブローチを刺していた。

「……ごめんなさい」

「あの男を、待ってん、の？」

唇が渇《かわ》く。

想くんは、ずっともっている。胸の底に封印した何かが、暴れているのかもしれない。

想くんが、私の腕から手を離した。

ブローチは私の腕に留まったままだ。夫からの誕生日プレゼント、私が夫に属していたという証《あかし》。

「ポエム、さんは、僕のもの、だよ」

今度はお腹に、鈍い痛みが走った。

想くんが、私のお腹に鋏《はさみ》を刺していた。

想くんの手に血がつくと、さすがに我に返ったのか、想くんは両手で髪を掻《か》きむしった。ごめんなさいごめんなさいごめんなさい、とお題目のようにつぶやき、背中をまるめる。

「……大丈夫よ」

たいした傷じゃない。この程度じゃ死なない。でも、どうしてだろう。昼間なのに、蛍光灯もまぶしいくらいなのに、目の前が暗くなる。陰になっていく。更年期の症状はおさまっているのに、めまいがする。ブローチを腕から抜いたら、足がもつれ、私は倒れた。目をとじても、あけても、仄暗《ほのぐら》い。どちらが本来の世界なのだろう。まぶたのあちら側なのかこちら側なのか。困ってしまう、今は両方陰なのだ。

「しっかりしろ」と夫は言う。存外私はしっかりしている。専業主婦がママ活に誘われたあげく偽《いつわり》の息子に刺されたのだ。痴情《ちじょう》の縺《もつ》れ、事件の当事者、主役なのだ、この私が！

突然降ってわいた特殊な情事に、躊躇して、浮かれていた私は、今、やっと気づいた。

日向も日影も、平凡も特殊もない。全部が全部、素敵な世界だ。ひとりにひとつずつ、かけがえのない世界。

トイレのドアがひらく。

最初に出てきたのは、柊朱鳥だ。背の高い影でそれとわかる。

やっと会えたのに。今日、サインをもらえるはずだったのに。私がポエムですと、打ち明けられたのに。

ごめんなさいごめんなさいごめんなさい。

想くんが跪《ひざまず》いている。

「救急車を」

柊朱鳥の声が、私の顔におりてきた。

わたしの素敵な世界

犬なんて飼いたくなかった。こいつが生きている限り、私はここに縛《しば》られる。芽衣子《めいこ》ちゃんの友達だよ、とかいって、義父《パパ》が子犬を買ってきたのがよりによって私の誕生日だ。ママが生きていたら、きっと笑い飛ばしていたに違いない。二〇一九年五月二十五日、私は十六歳になったけれど、十六の年でママはもう、自分の両親を養っていたのだ。

「ななし、ほら、立ってよ」

今日もななし——豆柴のオスだ——は白鷺橋のたもとでうずくまった。ななしを押しつけられて半年、人間年齢だと約七歳で子犬だけれど、彼は散歩が好きではないらしい。おかげで私に課せられた朝晩の散歩は、思いのほか時間がかかった。ななしは頑固で、身体をまるめたまま動かず、夕陽を眺めている。あきらめて私も、橋の欄干に背をあずけ、足を投げ出して地べたに座った。

どこまでも平らで、退屈が地続きになっているような町。田んぼや畑、あぜ道。山に囲まれた盆地というのがまた、抜け出せない閉塞感《へいそく》を反映している。狭い町のくせに地域格差があからさまで、白鷺川を境に富裕層と貧民層が分断されていた。義父《パパ》のおかげで、私はこっち側、富裕層にいる。ママはあっち側の人間だった。そもそも人間を分類するなんてばかげているし、いずれ私はここを飛び出す。だから、ななしの散歩にかこつけて、私は毎日白鷺橋にくる。白鷺橋のまんなかが、この町で唯一、なんでもない場所だから。

昔、白鷺川で事故があった。水死体が上がったのだ。検視の結果、白鷺橋から誤って転落したとの見解だったという。昔といっても十五年前だから、最近の範疇《はんちゅう》だろうか。ママが一歳の私を連れて、出戻ってきた年。

白鷺橋で眺める夕陽は、太陽が別れを告げるというより、太陽が秘密を抱えて去っていくようで、どこか憂《うれ》わしい。

「お嬢さん、具合でも悪いのかな」

ぼんやりしていたら、頭上から声が降ってきた。見上げるとおじいさんがいた。デニムのテーラードジャケットにソフト帽。モノクロの外国映画に登場するマフィアのボスみたいに風格がある。もしかしたらおじさんの年齢かもしれないけれど、襟足《えりあし》の髪も無精《ぶしょう》ひげも白いから、おじいさん認定した。

「おじいさん、それ、本物?」

私はおじいさんの指先を凝視した。

葉巻を吸っていたのだ。

「本物だよ」

「本物、はじめて見た」

「さてはお嬢さん、煙草《たばこ》を吸いにきたんだな」

「まさか。私、肌に悪いことはしない主義」

そこはママと違う主義。ママは大人を気取るために未成年で喫煙していたらしいけれど。

「具合が悪いわけでもなさそうだ」

「犬が散歩をサボるから、私もサボっているだけです」

「そうか。犬と仲がいいんだね」

「はぁ?」

唯一無二の親友という烙印《らくいん》を押すように微笑《ほほえ》むから、私はついむきになった。

「誰が、ななしなんかと」

「ななし?」

「そ。名前つけるのが面倒くさくてななし」

「パパに買ってくれって、ねだったんじゃないのかな」

「ねだったぁ? ぜんっぜん、違うけど」

「昔、そういう娘がいたんだ。お嬢さんみたいに美人だよ」

昔。昔ね。今日のキーワードかな。ななしは居眠りしているし、私は昔語りをしたそうなおじいさんに付き合うことにした。

「その子、わがままだったんだね」

かってくれ、のイントネーションが、飼ってくれ、ではなく、買ってくれ、だった。おじいさんの娘なのだろう。

「ほしいものは、どうやってでも手に入れる娘だった」

「へー。私そういう子、好きかも。生まれたからには好きなものは手に入れるべきだし」

「そうだね」

葉巻から立ちのぼる煙が空ににじみ、薄闇《うすやみ》と融合していく。白鷺川のせせらぎはきよらかな音をたてているのに、鼻につくのは生臭さだ。今日はそれに、葉巻の渋《しぶ》さと甘さが混ざっている。

「ねえ、おじいさん。昔、十五年前に、ここで事故があったって本当？」

「誰に聞いたのかな」

「えっと、ママ。こんなちんけでチープな田舎町でも昔事故があってね、って聞いた。川の風上にもおけない川で、って。笑い飛ばしてたけど、それ以上聞くとはぐらかされた」

「なるほど」

と、おじいさんまで笑ってはぐらかそうとする。

「ねえってば、おじいさんなら知ってるよね。どんな事故だったの？」

「事故か。事故であってほしいね」

私は立ち上がった。

ななしが目を覚まし、身体をふるわす。

「それってどういうこと？　事故じゃなかったら何？　自殺とか？」

「自殺だったらまだいいかな」

事故ではなく自殺でもないとしたら。

「それって、事件？」

おじいさんの手から、葉巻がこぼれる。

煙はゆらめきながら上昇して、葉巻は白鷺川に沈む。

ななしが、振り返って吠《ほ》えた。

こっち側から、誰かが駆けてくる。

「志摩さん、志摩さんったら。勝手に出かけちゃ困りますよ」

五十代くらいだろうか、小太りのおばさんが叫びながらやってきた。

「志摩さんったら、葉巻吸ってたんじゃないでしょうね。もう、やめるように言ったじゃないですか」

しま、というのがおじいさんの名前らしい。

「やれやれ。つかまってしまった」

「ねえ、おじいさん。この町で事件って、マジ？　ほんの十五年前に？　ねえってば」

「お嬢さん、私は行かなきゃだ」

「聞かせてよ。聞きたい。聞きたい、です」

「またここに、ななしの散歩においで」

「うん。朝と夕方、必ずくるから」

「わかった。ええと」

「芽衣子です。倉田《くらた》芽衣子」

「芽衣子さん、ではまた」

おばさんに身体を支えられながら、おじいさんはソフト帽を左手で少し上げた。私も大きく手をふった。

事件、事件、事件。リードを引っぱり、あぜ道をひたすら走る。宇宙から取り残されたようなつまらない町で、恋愛というよりセックスしかやることがない若い奴らや、所有している車の金額や台数でしか権威を誇示できないおやじや、夫の会社名と子供の学校名でしか自尊心を保てないおばさんで構成されているこの町で事件。

殺人だろうか。

物騒なひらめきに、私は身震いするほど歓喜した。殺人というからには犯人がいる。おじいさんは犯人を知っているのかもしれない。でもなぜ警察が事故で片づけた事件の真相を、訳知り顔で語ったのだろう。

家にたどり着き、ドッグランのフェンスにリードをつなぐ。義父の家は巨大な屋敷で、庭はドッグランがいくつもつくれるほど広い。ななしがおとなしくしている間、私はガレージの棚からこっそり鍵を持ち出し、家の裏手にある倉庫の鍵をあけた。倉庫といってもログハウス型で、六畳程度の広さがある。観音開きの扉だけで窓も電気もないけれど、懐中電灯があるし、寒ささえ我慢すれば快適に過ごせる。四方に積み上げられたのは、衣類やバッグや靴や香水や雑誌や映像を収めたＤＶＤの数々。全部ママの私物だ。ママの余韻にひたるのが、私のとっておきの時間だった。義父はママの遺品を保管するためにここをつくった。私を慰《なぐさ》めるのが目的ではなく、義父自身がそうしたかったのだろう。仕事に忙殺されて、義父がここにたたずむのは年に数回だというのは、空間の匂いでわかる。とはいえ置き型の防虫剤と除湿剤があるから虫もわかない。ママのポートフォリオを眺めてポージングや表情の真似をしていたら、扉のガラスが薄墨《うすずみ》色になった。

ガレージの棚に鍵を戻すと、

「芽衣子ちゃん、遅かったじゃないか」

車の陰から義父が小走りしてきた。ガレージには車が五台並んでいる。全部国産車だし農作業用の軽トラも含まれているし、車を義父は自慢しないので、この町で生まれ育ったにしてはマシなほうだ。

ななしのリードをはずす。

「遠くまで散歩に行ったから」

「それならいいけど。暗くなると心配するから、あんまり遅くならないでね」

「はい」

「そうだ、道生君《みちお》がきたんだ。芽衣子ちゃんはななしの散歩に行ったと伝えたら、追いかけてみますって言ったんだけど。会った？」

「会ってないけど」

「そうか」

と、黒縁《くろぶち》メガネをはずしてセーターの裾《すそ》でみがきはじめる。「せっかく高いメガネを選んであげたのに。ブランドものよ、傷になるわ」とママが口を酸っぱくして忠告してもやめなかった。忘れたふりでも、とぼけているのでもない。ママにかまってほしくて、そうしていたのだ。

「パパ、傷になるよ」

もう傷だらけになっているだろうし、度だってとっくに合っていないだろう。

「うん、芽衣子ちゃん」

義父が額に皮脂をにじませてはにかむ。百七十センチあったママより、百六十五センチの私よりもチビで樽《たる》みたいで、とんかつ屋さんの豚のイラストみたいな、罪がなくて哀愁《あいしゅう》ただよう顔。親子になって十五年以上、可愛がられているのも承知の上で私は、反吐《へど》が出そうになる。

「旦那様、お嬢様。お夕食の用意ができました」

玄関先で、家政婦さんが義父と私を呼ぶ。「芽衣子ちゃん、今夜は芽衣子ちゃんの好きな」と言いかけた義父を無視して、私は心の中で叫ぶ。ママも好きだったローストビーフ。事件、事件、事件。早く明日になってほしい。

◆◆◆

「これお願い。二十二歳、驚異の新人デビュー作」

と、亜香里から柊朱鳥の本を渡された時、私の指がしびれた。亜香里が編集長を務める女性ファッション誌の、ブックレビューを任されたのだ。帯には「十五年前、わたしは監禁されました」というコピーと、髪で顔の八割が隠れている斜め四十五度のバストショット写真があった。

タイトルは『わたしのいけない世界』。

柊《しゅう》だ。明日見柊。直感だった。監禁。読むのがこわい。でも、私以外の誰に正しい解釈ができるだろう。私は受諾し、自宅や外出先で何度も読み、何度も書きなおした。提出した原稿を手入れの厳しいことで知られた亜香里に絶賛され、私はつい、柊朱鳥は幼なじみだと明かしてしまった。これ幸いというように、亜香里は別件で企画を提案してきた。新刊出版記念サイン会兼ファンの集いである。覆面作家の初の顔出しをねらったものだ。企画の了承を得るため、私は出版社へメールした。即座に担当編集者から電話があり、「志摩佳月さんご本人ですよね」と念を押され、

「柊朱鳥本人が直接会いたいそうです」

と告げた。

恨《うら》んでいるのではないかと逡巡《しゅんじゅん》した。でも恵真さん——アルバイトとして雇った女性は、感謝しているかもしれませんよ、と助言してくれた。私が柊を見るのはいい、でも柊は私を見てどう感じるだろう。首のチョーカーに手をやる。女王様ではなく、飼い犬になり下がった私。

翌日、編集部を訪ねると応接室にとおされた。

「柊朱鳥ですが、今、地下の書庫に。その、彼はちょっと変わっていて。狭くて薄暗い場所が落ち着くようなのです。少し待っていただいてもよろしいですか」

担当者だと名乗る女性編集者が苦笑した。

「狭くて薄暗い場所ですか」

怖気《おじけ》づきながらも、私は欣喜雀躍《きんきじゃくやく》しそうになった。たちまちこの女が邪魔になる。私と同世代だろう。髪やまぶたや頬《ほお》や唇《くちびる》に賤《いや》しい色をのせた女。三者面談なんて御免だ。私は名刺と、手作りのピーナッツバター&ジェリーサンドを託し、会わずに去った。

狭くて薄暗い場所、狭くて薄暗い場所。吐息《といき》で歌うようにビルを出た私は、大通り沿いを歩く。午後三時、デパ地下でお総菜を買って帰ろうか。今夜、琉人は早く帰るとLINEしてきた。大口の不動産契約をまとめたとかで、今月も営業成績トップだそうだ。佳月と結婚したんだからそれなりの男でいないと、と二言目には言い、鼻先のメガネを指で押し上げる。今夜もセックスしなくてはいけないのかと思うと憂鬱《ゆううつ》になるけれど、運動だと割り切ればなんでもない。しかもここ数年、終わった後になぜだかお金をくれる。どういう基準なのか、一万円から五万円。首輪をはずさないご褒美《ほうび》、とにやけてバスルームに消える。昔から、琉人の笑顔は不気味だった。

スマートフォンに着信があった。パパだった。またお金の無心だろうか。ためらいつつ画面をタップする。

『佳月か。家に帰ってきなさい』

声がしぼんでいる。歳を重ねても矍鑠《かくしゃく》としていたパパ。今年になって悪性関節リウマチを発症し、先日、要介護1に認定されたとママが電話で報告してきた。一週間に何度かヘルパーがきてくれるので、ママはパート勤務を開始した。五十五歳で、はじめて社会で働くのだ。

「パパ。私もうお金は」

『そうじゃないよ。家がなくなる前に、帰ってきなさい』

「パパ?」

家がなくなる。売りに出すのだろうか。

『とにかく、帰ってきなさい。ひとりで。いいね』

あっけなく、電話は切れた。目の前の信号が点滅し、人々が忙《せわ》しなく交差する。一歩踏み出したいのに足が動かず、やがて車が行きかった。

そうだ、ピルを買わなくては。パパが家を手放すのは、私に子供がいないことも要因のひとつだろう。結婚を決めた時、琉人との子供を想像してみたら、たちどころに虫唾《むしず》が走った。セックスという行為自体は形が残らないからいいにしても、子供となると事情は異なる。琉人と私の細胞が混ざり合って形になってしまう。ハワイの新婚旅行からピルを服用して二年だ。せっかく婿《むこ》養子に入ってもらったのに、意味を成さなくなってしまった。とはいえ志摩の家が没落する兆《きざ》しは、ずっと前からあったのだ。

信号待ちをする間、スマートフォンで個人輸入代行のHPをひらく。琉人は、子供について何も言及しないし、私が隠れて避妊しているなど知る由《よし》もないだろう。琉人には異母兄弟がふたりいて、それぞれ男の子がふたりずついるから、長男とはいえ影が薄いのかもしれない。

「狭くて薄暗い場所」

つぶやくと、笑いがこみあげた。信号が青になる。デパ地下で、琉人のカードで、豪華なお総菜を買おう。

◆　◆　◆

朝は登校前に、夕方は学校から帰宅してすぐに、私はななしの散歩をした。行先は白鷺橋一択、あれから五日もたつのに、おじいさんには遭遇しなかった。

幻《まぼろし》だったのかもしれない、という考えがふとよぎる。六日目、折しも時間は逢魔《おうま》が時《とき》だ。あの日もこんな風に、薄闇が靄《もや》になって川べりをおおっていた。

白鷺橋の欄干にもたれ、足を投げ出して座る。私の横で身体をまるめていたななしが、突如立ち上がった。

「芽衣子」

道生がいた。こっち側から駆けてきたのだろう。白い息が弾んでいる。

「道生、塾は？　ああ、今日は習い事？　習字？　英会話？　スイミング？　こんなところにいていいの？」

道生は私よりひとつ年下の中学三年生だ。幼少期から分刻《きざ》みのスケジュールを課せられている。

「芽衣子は最近、毎日学校に行ってるんだね」

「高校中退とか不登校とか、ばかみたいだし、今時のモデルには流行《はや》らないじゃん」

「今度の土曜日、ＴＯＧだよね。芽衣子、書類審査の結果は……」

私は無言で、親指を下げた。

ＴＯＧ、トップオブガールズは公開モデルオーディションだ。ママは十六歳で、ここの初代イメージガールになった。家出したその日に原宿でスカウトされ、ティーン雑誌の専属モデルになったのだ。以来高校を中退して、東京に拠点を置いたまま家族を養った。十六歳で、ひとりで、この町の下層地域から脱出した。ママは私に、武勇伝ってヤツ？　と恥ずかし気に話してくれた。私はまだ五歳だったけれど、ママの美しさと図太くて華やかなオーラに圧倒されていたし、自分がママに酷似しているのも知っていた。武勇伝を延々生きてくれればよかったのに、ママいわく天辺《てっぺん》にいるのに疲れた十年後に、ただならない恋愛相手の子を身籠《みご》もり、出て行った時と同じ、単身でこの町に帰ってきた。幼少期からママを崇拝していた資産家の義父と、ただごとじゃない結婚をして、四年後に死んだ。三十一歳で心臓麻痺《まひ》だった。私は早熟な五歳で、ママの存在感も、死の喪失感も、義父側の親族が全員ママと私を忌《い》み嫌っているのも、すべて理解できてしまった。

私がいなかったら、ママの人生は違っていたのではないか。急ぎすぎたママの人生を振り出しに戻したのは、私なのだ。

「書類審査なんてあてになんない。道生、私会場に行って直接スカウトされるから」

ママみたいに。ママと同じ道をたどるのだ。そして二度と戻らない。

「僕も一緒に行っていい?」

「べつにいいけど。塾は?　習い事は?」

「サボるよ」

桐谷《きりたに》道生は、由緒あるお寺の跡取りだ。将来は坊主頭なのだということに同情の余地をあたえないほど、理知的な顔をしている。お坊さんの遺伝子なのか、笑顔を絶やさず穏やかな道生には友達も多いのに、物心ついた時から私にくっついていた。義父——倉田の家が檀家《だんか》で、親同士が懇意《こんい》にしているとはいえ、子同士がそれに従《したが》いわれはない。

気づくと道生は、私の目の前にしゃがんでななしを撫《な》でていた。道生は私にとって、生きた酸素だった。男女とかそういうのを超えた、きよらかなもの。世の中の軋轢《あつれき》を、ほどよく緩和してくれる。

「べつにいいけど」

サボっていいの?　バレたらお父さんとお母さんが悲しむよ。優秀なひとり息子が不良の遺伝子に汚《けが》されたって、嘆《なげ》くよ。

と、喉元《のどもと》までせり上がった言葉を飲み込む。サボるよ、と言った道生の、はちみつ色に縁取られた顔が、凜《りん》としていたから。

「いいけど。おしゃれしてきてよね」

道生にも道生なりの苦労があるのだろう。それにＴｉｋＴｏｋなんかではしゃぐ東京男子より、道生のほうがよほど見栄《みば》えがするのだし、と私は私に許可した。

十一月も末になると日はあっという間に暮れ、散歩から帰るともう暗かった。庭にうちのではない車がとまっている。水栓ユニットでななしの足を洗っていたら、スーツ姿のおじさんと作業服姿のおじさんと、デニムのテーラードジャケットにソフト帽のおじいさんが玄関から出てきた。

「おじいさん！」

おじいさんが、目をしばたたかせた。

「佳月、犬の散歩か。エリザベスは早く琉人君に返してきなさい」

物腰やわらかに、おじいさんが言う。私を見据《みす》える目は、けれど笑っていなかった。

「志摩さん、こちらのお嬢さんは佳月お嬢さんではありませんよ。さ、行きましょう」

「芽衣子ちゃん、おかえり」

義父だ。おじいさん以外のおじさんふたりが深々とお辞儀をする。義父が会釈《えしゃく》を返すと、おじさんふたりがおじいさんを両側から支え、有無を言わせず車に乗せた。

「パパ、おじいさんのこと知ってるの？」

「芽衣子ちゃんは、志摩さんのことを知っているの？」

ほぼ同時に言い合った義父を無視して、応接間へ入った。テーブルに広がる、設計図や書類。方々に書かれた志摩一翔という名前。

「芽衣子ちゃん、志摩さんのお屋敷は知っているよね」

背後から義父が話しかけてくる。家政婦さんがからのコーヒーカップを四客片付ける。お夕飯はフライドチキンです、と言いながら。

「しま、って。志摩？　おじいさん、あの屋敷の人だったんだ」

志摩の屋敷は子供達の間では伝説に近く、皆、遠目でしか知らない。昔は手入れされていたかもしれないけれど、今はジャングルの中の一軒家みたいになっている。さらに志摩といえば、昔、この町一番の権力者で途方もないお金持ちだったと聞いた。昔といっても、二十年か三十年くらい前だろう。

「そうだよ」

「だったら、この書類は何？　あの屋敷、パパが買ったの？」

義父がまごつくように苦笑した。

「じゃあ、パパがおじいさんの屋敷に住むの？」

「違うよ。うちの系列会社で、あの土地にリゾート型の老人施設を造るんだ。今あるお屋敷もリフォームして、できるだけ残すのも条件なんだ。志摩さんもそこに入居すると言ってくれた」

「おじいさんって、そんなに老人？」

「還暦だよ。六十歳だ」

私にとってはおじいさんだけれど、老人という括《くく》りは残酷に思えた。義父は設計図や契約書を整えながら、

「持病もあるし、若年性認知症の疑いもあってね」

と言った。

「そうなんだ」

と、何の気なしに応接間を後にする。私を佳月、ななしをエリザベスと呼んだ。でも違う。あれは、ふりをしたのだ。私に向けたまなざしは、確かなものだった。

「パパ、フライドチキン冷めるよ」

叫びながら、ダイニングテーブルの下で足をばたつかせた。明日の朝は、白鷺橋でおじいさんと落ちあえる。必ず、と根拠もないのに私は確信していた。

◆
◆
◆

柊《しゅう》は、ピーナッツバター&ジェリーサンドを食べただろうか。以後、連絡をよこすのは忌々《いまいま》

しい女性担当編集者だけだった。今日もこれから会場に来るという。

「で、柊朱鳥はどうだったのよ。十五年ぶりの再会だったんでしょう」

駅ビルにある書店は、グループ会社が経営する地下のイベントスペースも有名で、著名人や文化人、タレントにも場を提供している。突如決定した新人作家のサイン会兼ファンの集《つど》いなど、断られる危惧もあったのだが、そこは亜香里の力が大きい。女性ファッション誌の編集長だけではなく、最近ではティーン向けのファッション誌も任され、業界での地位は不動になっている。

「そうね」

私は肩をすくめてごまかした。

「はりあいないわね。もしイケメンで今後も顔出しOKになったら、JF《ジェーエフ》にも出てもらおうと思ったんだけど」

『jeune fille《ジュンヌフィーユ》』、通称JFは亜香里が副編集長を兼任しているファッション誌で、十代の女の子がターゲットだ。

「柊朱鳥は小説家よ。芸能人じゃないわ」

「十代の女の子はね、顔やスタイルだけの男にはもう飽き飽きしてるのよ。プラスα《アルファ》がないとだめ。それにしても彼、遅いわね」

書店のある駅ビルから少し離れた地下道に、私と亜香里はいた。通勤時間を過ぎたお昼前、都心の駅とはいえ混雑はしていない。

亜香里が腕を組む。

「彼はどこに行ったの。もうすぐはじまるっていうのに」

「狭くて薄暗い場所」

私は言った。

「え、どこよそこ」

「たぶん、……トイレじゃないかしら」

天井を見上げる。駅ビルの案内板が煌々《こうこう》と輝いている。

亜香里が私のスマートフォンを取り上げ、どこかへ電話をした。あの女性編集者に柊の連絡先を聞くのだろう。無駄だ。柊は私の電話になど出ない。十五年ぶりの再会の、はじまりが声だけなんて、許せないはずだ。

「私が、行くわ」

私だけが行かなくてはならない。狭くて薄暗い場所へ。

「行くわ」

どうしたって、笑《え》みがこぼれる。面食らったような亜香里をそでにして、私は駆けだす。通路の先へ。奇跡的に人はいない。

男子トイレの引き戸に、手をかける。奇跡的に、誰もいない。個室だけが、閉じられている。

「……柊《しゅう》」

私は言う。柊、と。柊《ひいらぎ》朱鳥《あすか》なんて呼ばない。

ドアに耳をよせる。かすかに人の気配がする。

「柊。ここに、いるのよね」

かち、と鍵がはずれる音がした。私は、ドアからそっと身を引く。

狭くて薄暗い場所が、解放された。

「僕がおしっこするところが見たいの？」

柊が、私を見下ろす。あどけなさと冷たさがないまぜになった目で、儚《はかな》げな白い肌で、前屈《まえかが》みになって、私をまるごと覆う。

「そうじゃないわ」

変わっていない部分が、あまりに変わった外見に包まれている。寒気がして、とっさに後退《あとずさ》った。

あなたのファンが、関係者が待ってる、もう時間よ、早く。そんな事務的な言葉が頭の中で旋回する。

「柊《ひいらぎ》……先生」

無意識に手が、黒いチョーカーにふれていた。

「柊なんて呼ぶなよ」

私の横を素通りして、柊《しゅう》が手を洗う。

「でも」

「それより、早くここから出たほうがいい。捕まるよ。ここは簡易トイレじゃなく、ちゃんとした男子トイレなんだから」

鏡越しに、私に笑いかける。どこか狡猾《こうかつ》そうに、少し癖のある髪をゆらした。

「わかってるわ」

「佳月さん」

引き戸に手を伸ばしたまま振り向くと、柊がグーにした両手を私の顔に向け、勢いよくひらいた。

水滴が私の顔を濡《ぬ》らした。

なにするのよ、子供みたいに。

言いたいのに言えなくて、やっぱり寒気ばかりが私をおそった。

「佳月さん、つまんない女《ひと》になったね」

私は湿った顔ではなく、また黒いチョーカーにふれていた。

「サンドイッチの味は変わっていないのに」

すれ違いざま、柊がつぶやく。つまんない女、佳月さん、サンドイッチ。

佳月。柊が私を呼び、私を見つめた。私は顔を、ぐしゃぐしゃにこすった。

◆
◆
◆

白鷺橋のまんなかにおじいさんはいた。欄干に肘《ひじ》をのせて葉巻を吸っている。朱色が地面に落下していき、藍色が空ににじむ中、煙だけがらせんを描き上昇していく。夢をつかむみたいに。

「おじいさん！」

ななしを連れて、私は走る。

おじいさんの横顔が、わずかにほころんだ。

「芽衣子ちゃん。私の家がなくなることは、お父さんから聞いたかな」

ソフト帽の上を風が渡っていく。おじいさんの視線は私ではなく、はるか遠くの川面《かわも》にそそがれている。

「……聞いた」

「私の家には宝箱が隠されているんだ。倉田君、芽衣子ちゃんのお父さんに渡した設計図には描かれていない。昔の設計図だからね。でもいずれ、ばれてしまうけれど」

「宝箱って何？　白鷺橋の事件と関係があるの？」

「宝箱は、地下シェルターだ。若気の至りかな、大地震に備えて避難場所としてつくった。そんなのをつくるのは日本でもわずかだろう。娘がはしゃいで、入りたいと駄々をこねた」

「娘って、佳月って子?」

「そうだ。わがままで、ほしいものはどうやってでも手に入れる娘だった」

「おじいさんの娘と事件と何の関係があるの? ねえ、もったいぶってないでもっとサクッと言って」

「私は認知症でね、整理しながらじゃないと話せないんだ」

「嘘《うそ》。都合のいい時だけ認知症になるのはずるいよ」

「でも、私はもう余生だから。余生なんて芽衣子ちゃんにはまだわからないだろう。とにかく、私がいなくなる前に誰かに話しておきたかったんだ」

「じゃあ話して。いっぺんには無理だったらＬＩＮＥ交換しよ。メールでもいいよ。スマホ持ってる?」

おじいさんがズボンのポケットを探る。私は素早くスマートフォンを奪い、私のＬＩＮＥとメールアドレスを登録した。

「完了。これでいつでも連絡取れるよ」

おじいさんの手にスマートフォンを握らせ、両手でぎゅっと包む。

「芽衣子ちゃんは、佳月に似ているね」

葉巻を咥《くわ》えて笑った。おじいさんは昔、イケメンだったのかもしれない。

ななしが吠えた。街灯がともりはじめたこっち側から、道生が駆けてくる。

「道生だ。ったく」

おじいさんとのひとときは私の秘密の時間で、たとえ道生だとしても邪魔されたくない。

「お友達のお迎えだ。私も帰るとするか」

「おじいさん、明日は無理だけど、明後日《あさって》は私、朝と夕方ここにくるから」

明日はTOGなのだ。道生の要件もそれだろう。ななしを引っぱり、おじいさんに後ろ手で手をふる。

「道生。明日は始発で東京。六時に駅ね」

「わかった。もう、連絡しても既読スルーなんだから」

「ごめん。自分のメイクとか服のことで頭がいっぱいだった」

ううん、三分の一は事件のことで占められていた。もちろん、道生には言わない。

「僕、学校や塾をサボるのはじめてだ。ワクワクするな。こんなの、最初で最後だよ」

ななしを撫でてから、道生は先頭に立った。地平線でバターみたいにとけた夕日が逆光となって、あぜ道をスキップする道生の姿は、絶望みたいな影になる。

なんだろう、私と道生の位置がぎこちない。

「ばっかみたい。これからいくらでもサボればいいじゃん」

「僕は、そういうわけにはいかない。知ってるだろ」

動く絶望が背中でこたえる。

「知らない。ほしいもの、なりたいものがない奴の気持ちなんて、ぜんっぜんわかんない」

そうだ、このぎこちなさは、道生が私の前にいて、私が道生のうしろにくっついているからだ。

影に支配されそうで、私は強引にななしのリードを引く。小走りで、道生を追い越した。

「僕はこの町から出られないから」

振り向くと、道生は清々《すがすが》しく笑っていた。吐き出される言葉と表情に無限のような距離があって、こわかった。

「道が生まれるって名前のくせに。道生は、生まれてからすぐ行き止まりなんだ。それって変だよ」

急にななしが地べたに座り、喉を伸ばして切なく吠えた。遠吠えは、仲間や飼い主を呼ぶ時にするらしい。飼い主はここにいるのに、何が不満なのだろう。

「ななし、ほら、立ってってってば」

ななしは凜々《りり》しく座ったまま、私に抗《あらが》うように吠える。

「行き止まりじゃなくて、生まれつき道が決まっているんだ。将来はお坊さん。この土地に根づく」

ななしを撫でる道生が、ななしと一緒に土に溶けてしまうんじゃないかと不安になった。

「何がさみしいのよ?」

「さみしくないよ」

「道生じゃないよ、ななしに言ったの。遠吠えは、さみしくて仲間や飼い主を呼ぶ時にするんでしょ。私ここにいるんだけど」

道生は吠えもせずに、生まれた時から納得している。それが何よりこわかった。

「大丈夫だよ」

道生は私ではなく、ななしに言う。

「僕はずっとここにいるから」

地続きになった退屈、しかも山に囲まれた盆地で、まるで閉じ込められているようなのだ。どうしてもほしいもの、ママと同じモデルになる自分、東京での暮らし。私には血のつながりのある身内がいない。いつまでも義父の世話になりたくない。自立したい。欲望が渦《うず》になって、私を掻《か》き立てる。

「私は出るから、この町。絶対」

道生ではなく、私は自分に宣言した。

◆
◆
◆

柊《しゅう》、柊《ひいらぎ》朱鳥が登壇したとたん、会場が沈静した。参加者の五十人が一斉に口を噤《つぐ》み、凪《なぎ》みたいになったのだ。司会進行役の私は大人なりに体勢を整え、柊朱鳥の隣で柊朱鳥の経歴を読み上げる。勿論《もちろん》、文学賞を受賞する前後からで、柊の生い立ちではない。十五年の時を経ての再会に、私は何かを期待していたのだろうか。『わたしのいけない世界』で描かれていた女《ひと》は、わがままで強欲で、ほしいものは必ず手に入れていた。

「柊《ひいらぎ》さん、本のタイトルは『わたしのいけない世界』ですが、罪深き内容ともいえるのに、清廉な印象を受けるのはどうしてだと思いますか」

柊朱鳥と横並びになって、私はあらかじめファンから募《つの》った質問を投げかけた。やはり関心は、実話ともとれるデビュー作に集中した。

「監禁は、僕にとって至福だったからです」

柊《しゅう》が、こめかみを手でなぞりながら私に視線をぶつけてくる。

「至福、ですか」

「ええ」

「こわくはなかったのですか」

「こわい?」

こめかみに人さし指をあて、柊は鼻で笑う。

コワイノハダレナノ?

柊のふるえるまつげや、なまぬるそうな吐息が、そう言っているようだった。

「監禁ではなく、かくまってもらったんだ。少なくとも僕はそう信じていた」

脚を持て余すように組みなおす。地下シェルターの隅《すみ》で膝《ひざ》を抱えていた柊。五百円玉を握りしめていた小さな手は、しなやかなのに力がみなぎっているようで、もう子供のそれではない。

「ではやはり、実話なのですね」

心ここにあらずのまま、私は話を合わせた。二十代から五十代の女性ファンの粘《ねば》り気のある熱気は、欲情そのものだった。

「僕にとっては」

「児童虐待の被害から、かくまってもらったと」

「そうです。でも、どうだろう、女の子に玩具《おもちゃ》にされているふしもあった」

「玩具ですか」

「はい」

玩具。息を呑む。言葉を失う。

「いい子だから、って言うんですよ。いい子だから言うことを聞いて、と言う。あれって呪《のろ》いですか」

柊が首を傾《かし》げる。客席ではなく私に、まなざしで問う。

マイクを持つ手が熱くなる。

シュウハ、イイコネ
イイコダカラ、ワタシニオシッコスルトコロヲミセテ

玩具屋さんで気まぐれに買われて捨てられた、着せ替え人形みたいに、柊はつるりとしてきれいだった。背中にも蹴られたり物を投げつけられたりしただろう痣《あざ》と傷があったのに、力ずくで抱きしめて壊してしまいたいくらいに、あの頃の、わたしはそそられた。

柊の視線から逃れ、私は髪を耳にかけた。

「でも柊《ひいらぎ》さんを、守ろうとした子は、年上でもまだ子供ですよね。玩具というのは」

「女でしたよ、あの人は」

柊《しゅう》が、私を虐《いじ》める。柊は何を望んでいるのだろう。喉が渇《かわ》く。二の句が継げない。

「当時、僕の世界はあの狭くて薄暗い場所しかなくて、その世界に住んでいるのは僕とあの人しかいなかった。別れた時は、見捨てられたかと思った」

「……恨んでいるんですか？」

「全然。ただもし再会できたとしたら、あの時のまま、人を強引に裸にするような女《ひと》になっていればいいと思う」

何人かの卑猥《ひわい》な歓声が上がる。壁際で亜香里が満足気にほくそ笑む。

「そう、ですか」

亜香里が私に目配せする。サイン会に移行する時間だ。

「柊さん、今日はありがとうございました」

柊朱鳥に一礼し、私は整理番号順に整列するよう会場に呼びかけた。ふらつきながら亜香里の元へ急ぐ。

「佳月。本に登場する女って、もしかして佳月なの？」

「そんなわけないわ」

ばかなの？

つい、言いそうになった。柊を裸にしたのは、ここにいる、つまらない私ではないのだ。

「じゃあ、問題ないわね。この後、よかったら柊朱鳥も交えて食事しようよ。お礼も兼ねてってことで。佳月が言えばくるよね」

さも当然というように、亜香里は腕組みをして不敵に笑う。

「一応、聞いてみるけど」

「お願いね」

サイン会が終了すると、関係者への挨拶《あいさつ》もそこそこに柊はどこかへ消えた。私はあたたかいペットボトルのココアを手に、控室のドアをノックした。返事はない。でも、いる。ここに、引きこもっているのがわかる。

「柊、いるのよね」

ドアをあけた。匂い立つような薄暗闇が私を覆う。

私は後ろ手でドアをしめた。

柊は部屋のすみで膝を抱えている。

「柊」

条件反射的に、電気のスイッチへ手がいく。でも私は、電気なんかつけない。

「明るい場所が苦手なんだ。たくさんの人も苦手だ」

私は床に膝をつき、横から、柊の肩にふれた。おそるおそる指を、まぶたに這わす。柊は目をとじている。まぶたにかかった、少し癖のある前髪をそっと分けた。

柊の二の腕に私の胸があたり、柊の体温が伝染してくる。私の体温もまた、流れているに違いない。やがて私の目が薄暗闇になれると、

「いち、に、さん……」

目をとじたまま、柊がつぶやく。私に見えるよう、そばで指を折っていった。

「片手で、三本折るだけ。あの時、十本折るくらいあの場所にいたかった」

「……そうね」

「十五年だよ。十五年もたつのに、あの三日間がずっと身体中にこびりついてる」

三日。たった三日だ。今の私には夢のようだ。朧《おぼろ》に思い出すのは、とざされた空間では時間が無限だということ。目をとじた暗闇が、心の中でどこまでも広がっていくように。

私は、柊の右手を——親指、人差し指、中指、三本折ったままの右手を両手で握りしめた。

「佳月さん。まさかあいつと結婚するとは思わなかった」

「え」

「あいつ。僕の父親を泥棒扱いした」

「どうして」

「SNSでなんでもわかる」

柊が目をあけた。

「きれいな顔」

私の顔を指でなぞる。

「顔は、あの頃と変わらないのに」

私の肩をつかみ、壁に押しつける。

痛い。離してと言いたかった。

「柊」

「ちょっとほしいなって思ったくらいに」

ほしい。

「なにを……」

何を、男女みたいなことを言っているのだろう。

「ほしい」

「やめてよ」

言いながら、顔をそむけられない。

「好きでもないくせに」

言葉など、嘘だらけだと知っている。

私は、まばたきすらできない。

「好きか嫌いかじゃない。ほしいかほしくないか、それだけ」

ほしいか、ほしくないか。

目をとじる。私の中でわたしが笑っている。あの頃のわたしが、身体をよじらせて私を搔きまわし、私の身体に亀裂が入りそうになる。

「今なら、僕のほうが佳月さんを監禁できるんだ」

目を見ひらく。

柊がいる。あの頃の柊ではない。きちんと、男の人の形をした柊が私の全身を包む。

「やめてよ」

私を離さないで。そう皮膚が叫んだ。

「男女なら、そのほうが自然だ」

ほしいかほしくないか。私に生まれたのは、ただ離してほしくないという欲求だ。狭くて薄暗い場所が、思いを加速させたのもわかっている。男女みたいな、ばかみたいなことを、柊にぶつけたくてしかたがなかった。

ドアがノックされた。

「柊《ひいらぎ》さん、ちょっといいですか」

亜香里だ。私は柊《しゅう》から離れて、自分で自分の肩を抱いた。柊も自分の肩を抱いていた。ふたりして膝を折り身体をまるめて、さみしさを体現したような恰好で、距離を保つ。はなればなれの体温が、もうお互いを懐《なつ》かしんでいるのもわかっている。

ドアが連打された。

「佳月もここにいるの?」

私は素早く、

「亜香里、今行く。柊《ひいらぎ》さん、これから予定があるそうよ」

私は一度も振り返らず、ドアをしめた。

◆　◆　◆

土曜日、学校指定のコートを着た私と道生は始発電車で出発した。車中にいる間に空は白み、山や樹々が見る間に後方に過ぎていく。ＴＯＧの会場がある渋谷に到着したのは八時だ。駅のコインロッカーに学生鞄《かばん》とコートをあずけると、たちまち身軽になった。ハチ公口の改札を飛び出せば人の渦、通勤や通学にはやや早い時刻なのに、みんな一日を急いでいる。ＴｉｋＴｏｋやＹｏｕＴｕｂｅで繰り広げられていた映像そのままで、にわかに現実が信じられなかった。

「道生、ねえ、動画撮って」

「あ、うん」

無表情でどこかへ直進していく人の間をぬって、私はくるくると歩いた。今日のファッションはママの古着。最新のプチプラ服より目立つし、正真正銘の老舗《しにせ》ブランド品だ。業界人なら私に釘《くぎ》付けになるだろう。

ＴＯＧ開始は十二時。初めてづくしに浮かれまくって、気づいたらかなり空腹だった。

「道生、朝ごはん食べよ。スタバ行こ」

「あ、うん」

初の渋谷は断然スターバックスだ。信号が青になる。道生が人にぶつかりながら私にくっついてくる。

交差点のまんなかで東京の空を眺めた。東京の空は濁《にご》っていてせせこましい、と当てこする人もいるけれど、私にはとてつもなく鮮烈で広い。

私はここで生きる。

スターバックスのカウンター席で、トリプルエスプレッソラテとチョコレートチャンクスコーンを並べた。微量の排ガスと過度な苦さと甘さを含んだ匂いを、胸いっぱいに吸い込む。

「僕の家で淹《い》れたお茶のほうがおいしい。あと僕の家のおはぎとか」

道生は本日のコーヒーを飲み、バウムクーヘンを一口食べて、顔をしかめた。

「ばかね。そんなわけないじゃん」

渋谷という土地が食べものをおいしくしている。小石みたいなチョコレートを嚙《か》み砕《くだ》き、苦くて胃痛がしそうなラテで流す。どうにもこうにも興奮が冷めないので、朝食を食べ終えてすぐ会場に直行した。物色したいお店も開店前だったし、関係者にスカウトされるなら会場付近をうろつくのが得策だ。

「芽衣子は、大丈夫だよ」

駅前の喧騒《けんそう》から離れて、高台にある会場が見え隠れしたところで、道生の声が風に乗ってきた。

私はいつでも道生の先を歩き、ひとりで、ママの幻を追うように進んできた。不安やさみしさがなく、呼ばれるまで振り向かなかったのは、いつでも私のうしろに道生がいたからだ。道生は無条件に、私のすぐあとをくっついてきた。私は、ふいに振り向く必要のない人生を送ってきた。

なぜ、そんなことを今、思うのだろう。

コンクリートでできた幅広の階段の踊り場で、私ははじめて、振り向くために振り向いた。

「芽衣子は、可愛いし、きれいだから。大丈夫だよ」

道生が階段の途中で、手に入らない希望のように笑っていた。

「うん、知ってる。道生も早くおいでよ」

数歩、階段を下りて、道生の手を握りしめる。道生の顔がかすかに赤らむ。私の中の手が緊張している。

道生と手をつないだのは、何年ぶりだろう。

「渋谷の、こんな階段。最初で最後のいい思い出ができた」

灰色だらけの景色で、人工的なものが一切加えられていない道生の肌や髪、澄《す》みすぎた目は、朝陽よりまばゆい。

「なにこの世の終わりみたいなこと言ってんの。道生、あんた本当に十五歳？」

階段をのぼりきると、会場が姿を現す。ＴＯＧの熱狂的な信者だろうか、奇抜なファッションで固めた同世代の男女が画像や動画を撮りまくっている。他人を真似する主義ではないので、私は道生と手をつないだまま、慣れたそぶりでウォーキングをしてみた。

「ねえ、あなた。ちょっといいかしら」

女性の二人組に、行く手を阻《はば》まれた。ひとりはパンツスーツにタートルネックセーター、色は両方とも黒で、髪はきつきつのシニョン、能面のような顔だけどかなり賢《かしこ》そうだ。

もうひとりは、プロのモデルに違いない。洗いざらしっぽいストレートの髪も、あえて薄くしたメイクも綿密な計算の上だろう。思慮深いオーラの演出方法も、選ばれた人にしかできない。ママが田舎《いなか》でオーラを熟成させ、東京で一気に開花させたように。

「ごめんなさいね、私、こういう者だけど」

と、能面の女性が名刺を差し出す。

「雑誌名くらいは、聞いたことあるわよね」

名刺には『ｌａ《ラ》 ｌｕｎｅ《リュンヌ》』編集長、『ｊｅｕｎｅ《ジュンヌ》 ｆｉｌｌｅ《フィーユ》』副編集長、岸亜香里とあって、私は卒倒しそうになった。憧《あこが》れてやまない大人の女性のファッション誌と、専属モデルを目指したいファッション誌の、トップと対峙《たいじ》している。

岸さんに小突《こづ》かれ、モデルの女性が静々《しずしず》と名刺を差し出した。記された名前に、私は名刺を取りこぼした。

志摩佳月。

おじいさんの娘だ。

◆◆◆

琉人がベッドサイドテーブルに、一万円札を十枚置いた。結婚後一番の破格だ。長時間むしゃぶりついてあげたからだろうか、飢《う》えた犬みたいに。

「明日、実家に帰るんだろう。お義父《とう》さんに渡すといいよ。家を売るといっても、金は入り用だろうし」

実家を売却する件は、琉人にはまだ話していない。不審に思いながら、あちこち嫌なしるしのついた身体をガウンで包む。

「親父が逐一おしえてくれるんだ。天下りで暇らしくてさ、狭い町の事情だし、親父も昔からの権力者だろ、お義父さんには敵《かな》わなかったけど」

「ばかなの?」

敵わなかった、過去形だ。

「お、久しぶりに聞いた、佳月のそれ。鳥肌立った、見ろよ、ほら」

はしゃぐ声に鳥肌が立ち、バスルームにこもる。シャワーを浴《あ》び、マウスウォッシュで何度も口をゆすぐ。洗面台の鏡に、無垢《むく》な私がいる。

柊は、公の場でも飾らず、荒《すさ》んだ外見をよそおっていた。無造作な髪、ジーンズにカットソー、ノーアクセサリー。背が高く細身で、貧相ではないのに、支えてあげたくなる。大人になったくせに、目は子供のまま、夜露《よつゆ》のようだからだ。

サイン会兼ファンの集いに詰めかけたのは、ほとんどが女性だった。開始直前に、再会した男子トイレの前で傷害事件があり、その被害者が柊朱鳥のファンだったらしい。今後の話題性に火がつくかもしれない。いわくつきの女に好かれるのは、今も昔も変わっていないのだ。

柊に女はいるのだろうか。私は、柊の初めての女気取りになって、女がいたとしたらどうにも許せないという感情がわいていた。

勝手でねじまがった思いに、我ながらおかしくなる。笑いたいのに、鏡の中の私は笑っていなかった。つまらない夜を繰り返してしまった私は、足の先から頭の天辺まで腐敗しているのかもしれない。

ベッドルームに戻ると、琉人がダブルベッドで大の字になっていた。

「もう一回しよう」

「ばかなの?」

「もう一回、やれ。ほら、ここにお座り」

大の字になったまま、自分の股間を指さす。もしかしたらあと十万円くれるかもしれない。

私はご褒美のためにそれを舐《な》めた。

「あれから十五年か」

琉人が満ちたりたようにため息をもらす。

「俺、あいつ知ってる」

舌の動きが瞬時止まった。動揺をさとられないよう、すかさず指も使う。

「作家になったんだよな」

とぼけた風をよそおい、琉人は何度も柊朱鳥の本を処分している。私が柊朱鳥のブックレビューを書き、イベントを企画したのも探索済みだろう。十五年も経過しているのに、柊と私がどうにかなると懸念しているのだろうか。男の人の形をした柊と、琉人といるつまらない私が、まじわるとでも。

「そうね」

十五年前、エリザベスがまだ生きていた頃。白鷺橋で柊と私と琉人、そしてエリザベス、三人と一匹で過ごした時間も、少しだけあった。琉人が柊の父親を、泥棒扱いしたのだ。

「十五年前、やっぱりあいつの父親が死んでよかったんだ」

人の死を、善人とは正反対だった人とはいえ、よろこばしい出来事のように言った。琉人の身体から、白鷺川のようなどぶ臭さがただよい、私は顔をそむけた。気のせいだってわかっているのに、吐き気が抑えられない。

サイドテーブルに置いた、私のスマートフォンが点滅している。

「佳月、どうしたんだよ」

琉人が私のチョーカーに手を伸ばす。すかさず振り払い、画面をタップした。亜香里からLINEが届いていた。

『TOGでスカウトした子、佳月と同郷だったよね。明日、実家に帰るついでに話をつけてきて』

先週の土曜日、TOGの取材で亜香里に同行した。目端の利《き》く亜香里は、モデルとして育てたい有望株をつかまえたのだ。

『でも』

『私だって行きたいのは山々だけど、ずっと粘《ねば》ってた相手の取材が明日になっちゃったのよ。だからお願い。もちろんギャラもはずむし出張費も払う。前払いで、明日佳月の口座に振り込むから』

ごり押しされたものの、臨時収入はありがたかった。OKのスタンプを送信すると、すぐに詳細の返信がきた。

「おい、佳月」

膨張しかけた琉人のそれに枕を投げつける。間の抜けた声で抗議する琉人を放って、毛布を手にリビングのソファーに寝転ぶ。

「佳月。明日は、十二月十日なのか」

冷ややかな声が、私の後頭部に降りてくる。首元を毛布にすりよせ、身体をまるくした。明日が何日かなんてどうでもよかった。沈黙が滞り、やがて琉人の気配が消えた。

琉人は朝になっても腹の虫がおさまらなかったのか、朝食もとらずにさっさと出社した。そのくせ下駄箱には一万円札が一枚のせてあって、私に媚《こ》びる体質は琉人の真髄《しんずい》なのだなと感心した。ばかは結婚してやってもなおらないのだ。

泊まり支度に加えて仕事道具をキャリーバッグに詰め、マンションを出る。東京からさほど離れていないようでも北関東の田舎町まで、電車を乗り継いで二時間半もかかるのだ。池袋に着く頃にはもう十一時を過ぎていた。特急にはまだ空きがあったので、私は特急券と缶コーヒーを買った。指定席に座り、朝食兼昼食用に包んできたピーナッツバター&ジェリーサンドを膝にのせる。定刻に発車し、車窓に映った私の顔もゆれた。渋谷で会った、女の子の顔と重なる。

「どうしてもモデルになりたいんです」

彼女、倉田芽衣子は最初から、亜香里ではなく私に食ってかかった。血統書付きの猫みたいな目鼻立ちで、けれど黒々した眉毛に田舎臭さが残っていた。ちぐはぐであくの強い雰囲気が独特で、私はぼんやりしたふりで彼女を観察した。

「佳月さん。おじいさん、志摩さんの娘でしょ。だったらわかりますよね。ほしいものは、何でも手に入れてきたんでしょ？」

どうしてパパを知っているのか、たずねる隙《すき》もあたえない。私の両腕をゆさぶる手の力は、人生をまるごとかけてここに来たというくらい強かった。塗り方が未熟な、凝《こ》ったデザインのネイルで、なんとか私と亜香里に、自分を刻みつけようとしている。「改めて必ず連絡するから、連絡先を書いて」と亜香里がうまくとりなしてくれなかったら、私は彼女を突き飛ばしていたかもしれない。潜在的な脅威や禍々《まがまが》しさを感じたのだ。

車窓の私が、黒のチョーカーを睨《にら》みつける。

十二歳だった、あの頃のわたしが、

「犬を買いたいの」

とパパにおねだりした時、パパは言った。

「佳月。パパもママも、野蛮な生き物は飼いたくないんだ」

野蛮な生き物。

ばかなの？　十二歳のわたしをなじってやりたい。目をとじて、私は狭くて薄暗い場所を思い浮かべた。

◆　◆　◆

「あなた、モデルになる気はない？」

『la lune《ラリュンヌ》』編集長兼『jeune fille《ジュンヌフィーユ》』副編集長の岸さんがそう言った時、私ははじめて嫉妬《しっと》を理解した。

唇をわずかにひらき、時間が止まったような道生の表情を、私は一生忘れないし、自分の身体が火のように燃えてなくなりそうになったのも、一生忘れられないだろう。

「僕、ですか?」

怯《おび》えた声で、道生は岸さんではなく私をうかがう。

「ええ、あなたよ。中学生? どこに住んでいるの? 高校生になったら東京まで通えるかしら」

おじいさんの娘、佳月さんは、腑《ふ》抜《ぬ》けたなりで傍観している。ほしいものは何でも手に入れてきたという、おじいさんが語った面影《おもかげ》など微塵《みじん》もない。私は無性に腹が立って、佳月さんに突っかかった気がする。

そこから記憶がないのだ。どうやって帰宅したかもわからなくて、我にかえったら夕方で、義父に抱きしめられていた。道生が連絡したのだろう、玄関先で、義父は私を叱《しか》りもせず、事情も聞かずにただ私を庇護《ひご》した。道生の足音が遠のくのを耳にして、私の記憶はぷつんと途切れたのだ。

三日間、私は学校を休んだ。とても行く気にはなれなかった。物事を考えるのも面倒くさくて、半醒半睡《はんせいはんすい》で過ごしていた。その日もベッドで目覚めるとお昼を過ぎていて、庭でなしが吠えていた。着替えてからキッチンに行くも誰もいなくて、私はラップのかかったおにぎりを食べた。外に出てもパパはいない。ガレージのシャッターはひらきっぱなしになっている。倉庫の鍵を持ち出して、ポケットに入れた。

私を認めると、ドッグランにいたななしが突進してきた。ななしの散歩は通いの家政婦がやっているのだろうか。おざなりにされて満足していないのかもしれない。私はママの余韻にひたるのを後回しにし、ななしの散歩に行くことにした。リードをはずすと、ななしはやっとおとなしくなった。そうだ、おじいさんと白鷺橋で会う約束を反故《ほご》にしてしまった。おじいさんに話さなければ。私、佳月さんに会った。おじいさんにおしえてもらいたい。佳月さんは、どうやってほしいものを手に入れたの。

「芽衣子」

道生が門柱のわきにいた。

「何しにきたのよ。道生、学校は?」

「抜けてきた。早く芽衣子に伝えなきゃと思って。芽衣子、僕のＬＩＮＥ全然読んでくれてないし」

神経が逆なでされそうで、あえて避《さ》けていたのだ。

「なんなのよ」

「今日、名刺をくれた人がくる。昨夜《ゆうべ》連絡があったんだ」

「道生に会いにくるの？」

「うん。だから、芽衣子も一緒に会おう。それで僕じゃなくて芽衣子がモデルになれるように、説得しよう。ふたりで」

道生が私に懇願する。学生鞄に塾のバッグまで携えて、白い息を乱して、分刻みのスケジュールのくせに、むりやり合間をつくって、私のあとをくっついてくる。

「なにそれ、ばかじゃないの？」

「芽衣子」

「道生、あんた私に同情してるの？　ばかじゃん？」

「僕は芽衣子の夢を叶えたいんだ」

「道生に言われなくても、自分で叶えてみせる。道生は道生の夢を叶えなよ。あ、あんたには夢がないんだよね。人生行き止まりなんだもんね」

「僕の夢は、芽衣子の夢を叶えることだよ」

「だったら」

私は、道生の腕をつかんだ。

「だったら、私の言うことを聞いてよ」

「うん、いいよ」

「道生がいなくなって」

「え」

「道生がいなくなればいいの。道生がいなくなれば、あの人達もあきらめる」

めちゃくちゃな理屈だって、わかっている。うろたえながらもまったく抵抗せず、あくまで従順な道生に憤慨しながら、私は庭に引き入れた。ななしのリードを離したまま、裏庭の倉庫へ向かう。

「道生がいたら、どうしたってあの人達は私じゃなくて道生をほしくなる。だから、道生がいたらだめなの」

「芽衣子」

「だから、私は道生を閉じ込める」

ママの面影だらけの、秘密の空間。私がママと、私が私と対話できる唯一の、宝箱。まさかここに、道生を隠すことになるなんて、思いもしなかった。

「あの人達は、駅に来るよ。僕の家だとまずいから、僕、駅にしてくれって言ったんだ。時間ははっきり決めてなくて、でも夕方だよ」

ありがとうもごめんなさいも言えない。

倉庫の扉をしめる時、道生がこの上なく穏やかに笑った。即身仏にでもなるみたいな、極上のほほえみ。お坊さんの遺伝子のせいではないし、この状況を達観しているのでもない。

道生を閉じ込める罪に苛《さいな》まれて、胸が痛むのではなかった。生まれてこのかたあきらめしか知らない道生が、哀《あわ》れでたまらないのだ。

◆　◆　◆

東京からさほど離れていないのに、この土地は常に寂寥《せきりよう》としている。色味を失う秋冬は、時間までが止まっているのではないかと思う。生《せい》の鼓動が感じられないのだ。

駅前のタクシー乗り場は名ばかりで、停留所の標識も薄汚れている。数年前までは帰省するたびにパパが迎えに来てくれたけれど、車を売り払ってしまったので、私は実家まで十数分を歩いていく。一昨年《おととし》まではタクシーを呼び出していたものの、パパが葉巻の本数を減らしてタクシー代を都合しているとママに聞かされ、愕然《がくぜん》とした。

一歩踏み出すごとに爪先《つまさき》が痺《しび》れる。アスファルトの硬さが響くのではなく、寒さのせいで感覚がおかしくなっているのだ。あの頃のわたしは、早朝五時前に起きて、エリザベスの散歩に行っていた。琉人もそうだ。そして柊は、横暴な父親のせいで寒空の下をさまよっていた。

遠くの山々は蒼《あお》く、灰色がかった空につながる。やさしく町を取り囲む、くすんだドームだ。やわらかだけれど容赦がなく、人々を逃《のが》さないといったような、静かな迫力がある。

蛇行する道を行く。二階建てアパートや木造住宅が軒《のき》を連ねた先に、鬱蒼《うつそう》とした雑木林が見えてくる。志摩の私有地だ。昔はおとぎ話に登場するお城みたいに、屋根が森を抜きんでて、ここからの眺めも荘厳だった。そう、雑木林ではなく手入れされた森で、志摩の屋敷は白鷺川が隔てる富裕層の中でも別格だった。

歩いても一向に近づかない。建物が密集していないせいか、遠近感がおかしくなる。からっ風が頬をなぶり、乱れた髪が視界を遮《さえぎ》った。

門柱の前に誰かがいる。黒ずくめのうしろ姿、背が高い、男の人だ。柊？　でもなぜ。

「柊」

髪を両手でまとめながら、私は小走りした。はたしてその人は柊で、私を認めると肩をすくめた。

「柊、なぜ」

「今日が十二月十日だから」

「それが、なんなの」

琉人も今日の日付を気にしていた。

「佳月さん、あとで白鷺橋にきて」

「え、ええ」

「じゃあ、あとで」

「柊」

「なに」

「ううん、なんでもないの」

柊の背中が遠ざかっていく。白鷺橋に向かうのだ。十五年前のあの日も、柊は潔《いさぎよ》かった。私をあっけなくふりきって、乱暴な父親の元へ戻ったのだ。あの日。あの日は何日だっただろう。

今日は、駅に亜香里がスカウトした男の子がくる。待ち合わせは夕方とだけ亜香里に聞いた。あと数時間後だ。私は亜香里におしえられた彼の携帯に、明確な時間をいくつか候補にあげるよう、ショートメールを送った。

「佳月か」

パパが樹木の間から顔を出した。葉がすっかり落ちて、枝ばかりが縦横無尽に広がっている。注意深く進まないと怪我《けが》をしそうだ。

ガレージのシャッターがあいている。

がらんどうになったガレージ。

「パパ」

ガレージの床が、あいている。地下シェルターの扉が、ひらいている。

「佳月。これは佳月のものだね」

差し出されたパパの手のひらに、飴《あめ》があった。飴の部分を宝石に見立てた、指輪の形の飴だ。溶けることも割れることもなく、ダイヤカットのままで、毒々しい赤を放っていた。

どうにも抗えない、欲のように。

「地下シェルターのテントにあった。簡易トイレの、トイレ容器の下だ」

こわごわと、両手で受け取る。柊がくれたクリスマスプレゼントだ。きちんと、実在している。私が、恐れ知らずのわたしだった頃の形。

「いつ、見つけたの」

「この家の取り壊しが決定した日だ。先月だったか、先々月だか。昨日のような気もする」

十五年間、変わらずにいた。色も輝きもくすむことなく、生きていた。

「私も、昨日のような気がするわ」

もう一度、最後にもう一度だけ、と抜け殻になりそうだったわたしは、これが最後と地下シェルターに入ったのだ。拙《つたな》くて愛おしい贈り物を持ち続ける自信も勇気もなくなって、けれど生涯大切にしたいものだった。

たった三日間のわたし達の世界を、地下シェルターで生かしたかった。パパは地下シェルターから白鷺橋の事故へ気移りしていたし、こんな小さな欠片《かけら》が、見つかるはずはないと高をくくった。

「これは、十五年前のものだろう」

必死で、あさはかだったわたし。いつもならもっとうまくやれたのに、あの時は秘密保持と自衛とで意識が混濁していた。

「パパ。倉田芽衣子って女の子、知ってるかしら」

「知っているよ。佳月によく似た女の子だ」

「あの子、ここを出たがっているみたい。どうしても、ほしいものを手に入れたいんですって」

「佳月」

「パパ。家に入りましょう。風邪ひくわ」

「その飴の他に、細かいお菓子の食べかすもあった。トイレは、使った形跡があった。佳月じゃないだろう。ひとりでお菓子は食べたとしても、あんな粗末なトイレで、佳月が用を足せるわけがない」

尋問されている気分だ。

パパは私の罪を暴こうとしている。

「そうね」

私は正面きってこたえた。ちっとも、罪なんかじゃないからだ。

「おかしな考えだと思うし、証拠もない。でも、どうしたって考えてしまうんだ。佳月がここに、男の子を閉じ込めたんじゃないかと」

パパの苦悩ぶりのほうがおかしくて、私は鼻で笑った。

「そうよ」

この家の衰退とともに、パパまでが萎《しぼ》んでいく。以前はパパが、この町のルールだった。

「だってほしかったんだもの」

私は言った。両方のこぶしを握りしめて、仁王立ちになって、子供みたいに。

「パパが悪いのよ」

捨《す》て鉢《ばち》になっているのもわかっている。私が懸命に閉じ込めていた本当のわたしが、暴れ出しているのも、もう戻れないこともわかっていて、私は魂ごと歓喜している。

「パパが犬を買ってくれないから。だから私、自分でほしいものを見つけてきたの」

好きとか嫌いとか、正しいか正しくないかなんて、どうでもいい。

「ほしかったのよ」

私は、涙をためて笑っていた。刺すような寒さに頬と唇がひきつる。凝り固まっていた表情は、けれど冬のせいではない。

「そうか」

パパは安堵したように微笑んだ。さざなみのように静やかだった。

「佳月の本心が聞きたかった。これで安心して取り壊しができる。地下シェルターの設計図はまだ渡していないんだ」

十二歳のあの日に、私は自分をなくした。白鷺橋で柊と別れて、琉人のいいなりになって、十五年。ゆっくりと朽《く》ちかけていた。

「地下シェルターも壊してしまうの？」

「おそらく。でもまだ日がある」

と、パパはうしろを振り返った。あけ放たれた地下シェルターの扉の奥に、車のハンドルのような形の鉄があった。地下シェルターの二重扉をあける器具だ。

「私、行かなきゃ。パパ、私、行かなきゃなの。白鷺橋に」

「誰かと約束しているのか」

「ええ」

別れたところで、柊が待っている。柊を自分だけのものにしたい欲望は人一倍あったのに、純粋だからこそ思いは強かったのに、子供ゆえに限界があった。大人になった今は違う。

いったん家にあがり、荷物を整理した。うっすら埃《ほこり》のたまったバスルームで髪をとかし、メイクをなおす。

気のせいか、私の顔つきが変わっていた。鏡の中に、あの頃のわたしがいる。

行かなくては。

柊が待っているあの場所へ。

◆
◆
◆

ななしを連れて、白鷺橋へ急いだ。駅に行くよりもまずおじいさんに会って、佳月さんのことを話すのだ。

道生が一緒じゃないのを不審がっているのか、ななしは後方をうかがいながら走っている。私はななしのリードを離し、立ち止まって空を仰いだ。

東京の空は、鮮烈で広く、うすっぺらだった。田舎の空は、深くて濃い。とりわけ夕方から夜にかけては、誰かの秘密を隠すように音もなく闇が町ごと包む。まだ三時を過ぎたばかりなのに、もう太陽が去ろうとしている。田舎の一日は、とじるのが早い。

ななしが、白鷺橋の手前で尻尾《しっぽ》を振っている。私を認めると、一声吠えた。

おじいさんが、白鷺橋の土手にいた。所々雑草の生えた斜面に膝を立てて座り、葉巻を吸っていた。背中が頼りなげに湾曲し、煙とともに天に吸い込まれそうだった。

白鷺川の川面は延々とどす黒い。

「おじいさん」

私に気づいたおじいさんが、左手でソフト帽を持ち上げた。かすかに笑ってくれたので、私は身体がゆるむほど安堵した。先にななしが斜面を下りていく。

「おじいさん。今日は橋の欄干に行かないの?」

「うん。今日はここから見守ろうと思ってね」

見守る。私は白鷺橋を眺めた。みすぼらしい橋。景観だって、とるに足りない。けちくさくて乾ききっていて、明るい日でも暗い。思い出にすらしたくないのに、離れてしまえば、かけがえのない瞬間だったと愛おしくなるのだろうか。

「誰かくるの？」

ああ、とかすれた声で言ったあと、

「十五年前の事件のことを話そう」

おじいさんは、地面に葉巻をこすりつけた。

私はおじいさんの隣に座り、ぎゅっと膝を抱えた。

「十五年前、ここで水死体があがった。名前は明日見太一。私が経営していた会社の従業員でね、まあ、素行はかなり悪く、公私で評判も悪かった。アルコール依存症で、検視の結果、アルコールも検出された」

「うん」

ななしが私の隣で丸くなった。私はななしの頭を撫でながら、おじいさんの出方をうかがった。

「彼には明日見柊という、当時七歳の息子がいた。その子が、明日見太一が亡くなる数日前から行方不明になっていた」

おじいさんは、葉巻を吸おうとしなかった。まっすぐに川面へと視線をそそぐ。流れているはずの川面は、ずっと見つめていると止まっているようになる。きっと、おじいさんにも止まって見えるのだ。黒く淀《よど》んだまま、記憶にうえつけられていく。

「柊くんは、うちにいたんだよ。宝箱に入っていたんだ。そうだ、佳月にとっては、宝物だったんだ」

「宝箱って、前に話してくれた地下シェルターのこと？」

「そうだ」

「それって、監禁じゃん」

「そうだね。でも、そんな意識はなかったんだろう」

「それが、どう事件とつながるの？」

「つまり、明日見太一は数日間柊くんを捜していて、それがもとで亡くなったんだ」

「だから、事故じゃなくて事件？」

「そうだ」

「でも佳月さんが直接の原因、ってわけじゃないよね」

「そうだね」

「なんで佳月さんは柊くんを閉じ込めたの？」

「ほしかったからだそうだ」

私は、倉庫に閉じ込めた道生を思った。利己的で自分勝手な私の、犠牲になった道生。私が道生を閉じ込めたのは、道生がほしかったからじゃない。道生にいなくなってほしくて、そうした。道生がいたら、私は本当の私になれない。今日という日に道生がいたら、私は東京行きのきっかけを逃してしまうと、本気で信じたのだ。道生は今頃、寒さでふるえているだろうか。

「佳月さんって、熱いね」

万が一、道生が凍死してしまったら、私はどうするだろう。後悔するだろうか。それとも道生を置き去りにして、まるごとの人生を東京に賭《か》けるだろうか。

最後、道生は笑って私を送り出した。

「私、そういう子、かなり好きかも。だって生まれたからには、好きなものは手に入れるべきでしょ」

おじいさんが、新しい葉巻に火をつけた。

「あの日、明日見太一が亡くなった日から、佳月は魂が抜けたみたいになった。でも、さっきは違った」

紫色の煙が、らせんを描きながら空に昇る。

「おじいさん、人がいるよ」

暮れゆく白鷺橋に、いつのまにか人がきていた。

「ふたりいるかな」

ひとりふたり、もうひとり。

「ううん、三人」

白鷺橋と白鷺川を背景に、三つの人影が色濃くなっていく。

「三人いるよ」

おじいさんが、目を細めた。

◆◆◆

コートを着なおして庭に出る。パパの姿は見当たらず、あけ放たれたままのガレージも無人だった。外出したのだろうか。ママはまだパート勤務中だ。念のため鍵をかけ、門もしめた。

日が陰り、黄昏《たそがれ》時も近い。とろりとしたはちみつのような空気は、瞬《また》く間に暗闇にとってかわられる。この貴《とうと》い時間が、昔、私は大好きだった。

私が白鷺橋に到着すると、橋のたもとにはすでに柊がきていた。柊が私を認めると、

「あの人」

と、顎《あご》で白鷺橋のまんなかを示した。けれど柊は、予期していたように冷静だった。

「琉人」

琉人が、白鷺橋の欄干に両腕をあずけ、眼下を見下ろしていた。

なぜ、柊よりも先に琉人がきているのだ。

柊が、私に目配せする。私は柊の心意を汲み取り、琉人に近づいた。

「琉人が、なんでここにいるの」

琉人もまた、私がくるのを予期していたのだろう。さも当然というように、薄く笑った。

「今日が十二月十日だからだよ」

「昨夜もそんなこと言ってたわよね。それがなんなの」

ばかなの？　と言おうとした私は、とっさに柊を見やった。

柊が頷《うなず》く。

十二月十日。柊の父親が亡くなった日だ。柊の父親の命日。だから柊もここにきたのだ。

あの時、この付近でエリザベスの鳴き声がした。

「琉人」

「十五年前の殺人の時効は、確か十五年だった。あの日の夜に調べたんだ」

柊が歩みよってくる。

琉人が柊を横目に、顎《あご》を上げた。

「いや、べつに俺は殺してないよ。ここでおまえの父親が落ちるのを見ていただけだ」

「ばかなの？」

私は琉人ににじりよった。

「ねえ、琉人」

「ばかなのはエリザベスだよ。エリザベスが吠えたからいけないんだ。エリザベスの声に驚いて父親が落ちた」

「琉人」

ばかなの？　と私は繰り返した。語尾を上げていないと平常心でいられない。琉人を突き飛ばしてやりたいのに、ふれるのすら嫌悪してしまう。

「佳月。犬の鳴き声が聞こえないか。幻聴かな」

琉人が私から顔をそむけて、わざとらしく土手を眺めた。

柊が遠く、地平線を睨みつける。絶え間《たま》なく流れているのに、決して浄化されない白鷺川の水。空の闇に包まれて、一時《いっとき》、汚物は隠されるのに、明け方にはまたあらわれる。

「琉人。誰か助けを呼ぶとか、できたでしょう。それなのに何もしなかったの？　助かるかもしれなかったのに」

「するわけないだろ。父親がいなくなったら、こいつもいなくなるんだから。施設に行くだろうと想像できたからね」

「なんで、そんなこと」

「佳月がほしかったからだよ」

琉人が正面きって、私を見つめた。真顔で、ともすれば泣きそうな目で、瞬きもせずに私に視線をそそぐ。おどおどしながら私の両肩に手をのせようとして、しない。ためらいながら引っ込めてしまう。

どうして。夜、セックスする時は傍若無人なのに、琉人は昔から、明るいうちは私にさわれないのだ。

「佳月はこいつに惹《ひ》かれてた。だからこいつがいなくなればよかった」

視界が傾ぐ。琉人は、ばかだ。秀才だったはずなのに、土壇場で単純な思考回路になった。どうして、憐《あわ》れなほどばかになってしまったのだろう。

「ほしかったんだよ」

ほしかった私と結婚して、数年間好き放題に扱って、琉人はどんな思いだったのだろう。隠していても罪の意識は消えない。胸の内をさらけ出したということは、別れを覚悟したのだろう。

私は首に巻いた黒のチョーカーをはずして、白鷺川へ投げ捨てた。

琉人が目を伏せて、薄く笑う。いつでも大っぴらに笑わない琉人が不気味だったけれど、そこには拭《ぬぐ》いきれない悲しみがあるのかもしれなかった。

琉人が、私と柊のわきをすり抜ける。ひとりで、白鷺橋のこちら側へ渡っていく。

犬の鳴き声がした。あれは、エリザベスだろうか。今はここにいないはずの、琉人の飼い犬。

「私、柊がほしかったの」

柊の手に、手を伸ばす。


女の子は十二歳で、すでに女でした。

男の子は七歳で、人生に疲れていました。

「私、あなたを好きにしたいの」

女の子は男の子に言いました。


柊《ひいらぎ》朱鳥、ううん、柊《しゅう》が書いた小説のままの思い。十二歳だったわたしの気持ちは、生もののまま、私の中で身をひそめていた。

「私、あなたを好きにしたかった」

ほしくて、好きにしたくてたまらなかった。

「今は?」

あの頃、ほんの少し私を見上げていた柊が、今、私を柔らかく見下ろしている。

「今もよ」

地平線がとけていく。

空と地、川面が薄暗闇一色になる。

「柊」

私は言った。

「私を、ほしいと思って」

つまらない女なんてもう思わないでほしかった。

「うん。壊したいくらいほしい」

男女みたいなことを言い合って、とてもくすぐったかった。柊も私も冬の格好で、手と手しかつながっていないのに、全身が皮膚みたいにうずいた。柊の耳元で、私は地下シェルターがなくなることを告げた。柊のこめかみが湿《しめ》ったので、私はたまらずそこにかみついた。

「柊。これ、覚えてる?」

未《いま》だ開封されていない、ジュエルリングを掲《かか》げる。

「覚えてる。懐かしいな」

「はめてくれる?」

壊される前に、もう一度、一緒に過ごしましょう。

「うん」

と柊がこたえる。

素朴な罪かもしれなかった。でも、純粋な欲望だった。狭くて薄暗い場所は、私達だけの素敵な世界だ。

◆　◆　◆

「道生。道生、生きてる？」

倉庫の扉を叩《たた》きながら、私は素早く鍵をあけた。

「ああ、芽衣子。どうだった？　うまく交渉できた？」

薄暗闇の中、道生は両手で膝や肩をさすっていた。それでも穏やかに、私を気遣う。寒さのせいか息が上がっていて、歯の根もあっていない。

「あんた、ばかなの？」

私は道生を抱きしめた。手のひらで道生の背中を撫でまわし、私の頬を道生の頬にくっつけた。

「死んじゃうかもしれなかったのに」

「大げさだよ。いくら寒くても、数時間じゃ死なないよ」

「ずっと、私がずっと帰ってこないかもしれないじゃん」

「それなら、そういう運命なんだよ」

手探りで懐中電灯を見つけ、道生の顔を照らした。道生は道生のまま、純度百パーセントで微笑んでいた。なんて潔いあきらめだろうか。私の鼻が、つんと痛んだ。

「道生。私、一瞬、道生を放置してでも東京に行きたいって、思った。自分がほしいもののためなら」

身を縮めている道生の周囲に、在《あ》りし日のママがいる。百面相のママ、長い手足を自在に操《あやつ》るママ。

「うん、それでいいと思う」

「なんでよ」

「僕はそういう芽衣子が好きだから」

頬を赤らめて、道生が頭をかいた。将来は有無を言わさず坊主頭になってしまう、可愛らしい道生。利己的で自分勝手な私を、好きだという。

「私のことが、ほしいの?」

道生が正座をしたまま、かたまってしまった。

「それなら、道生が私をここに閉じ込めればいいのに」

道生は、まさか、というように激しく首を振った。

「芽衣子は羽ばたかなきゃ」

泣いているのだろうか。道生の目もまつ毛もうっすら湿っていて、ガラスの欠片みたいに光っていた。鋭いのにいびつで、悲しげだった。

「なにそれ、くっさ」

「大丈夫、僕がここにいるから。ここでななしと、ずっと待ってるから」

くさすぎて、笑いをとおりこして、こっちが泣けてくる。

いつのまにか私が道生を抱きしめているのではなく、私が道生に抱きしめられていた。

「だから安心して、東京に行けばいいよ」

「べつに。結局、佳月さんには会えてないし、交渉とかできなかったし。第一、それどころでもなかったし」

「そうなの？　なんだ、それじゃあ僕、閉じ込められ損だ」

「でもいい。連絡先は知ってるし、こっちから攻めに行くよ」

「芽衣子」

「なに」

「ごめん、僕、トイレに行きたいんだけど。足が痺《しび》れて立てない」

「えー、しょうがないな」

私は道生の脇の下に両手を差し入れて、道生を起こしてあげた。よろけた道生の唇が、私の唇をかすめる。

なんだ、今のは。と思ったけれど、黙っていた。道生の体温が数度上がった気がした。

「道生。歩ける？」

「う、うん」

「私は、自力で東京行くからね」

道生が、洟《はな》をすすった。泣いているのかもしれない。でも、同情なんかしない。

いけないって誰かに反対されても、後ろ指さされても、ほしいものは手に入れるし、私がなりたい私になる。

それが私の生きる、素敵な世界だから。

この物語はフィクションであり、登場する人物、および団体名は、実在するものといっさい関係ありません。なお、本書は書下ろし作品です。

――編集部

切りとり線

あなたにお願い

この本をお読みになって、どんな感想をお持ちでしょうか。次ページの「100字書評」を編集部までいただけたらありがたく存じます。個人名を識別できない形で処理したうえで、今後の企画の参考にさせていただくほか、作者に提供することがあります。

あなたの「100字書評」は新聞・雑誌などを通じて紹介させていただくことがあります。採用の場合は、特製図書カードを差し上げます。

次ページの原稿用紙（コピーしたものでもかまいません）に書評をお書きのうえ、このページを切り取り、左記へお送りください。祥伝社ホームページからも、書き込めます。

〒一〇一―八七〇一　東京都千代田区神田神保町三―三
祥伝社　文芸出版部　文芸編集　編集長　坂口芳和
電話〇三(三二六五)二〇八〇　www.shodensha.co.jp/bookreview

◎本書の購買動機（新聞、雑誌名を記入するか、○をつけてください）

＿＿新聞・誌の広告を見て	＿＿新聞・誌の書評を見て	好きな作家だから	カバーに惹かれて	タイトルに惹かれて	知人のすすめで

◎最近、印象に残った作品や作家をお書きください

◎その他この本についてご意見がありましたらお書きください

100字書評

わたしのいけない世界

住所

なまえ

年齢

職業

森 美樹（もりみき）
1970年、埼玉県生まれ。1995年、少女小説家としてデビュー。2013年、「朝凪」（「まばたきがスイッチ」と改題）で、R-18文学賞読者賞を受賞。主な著書に、受賞作を収録した『主婦病』のほか、『私の裸』『母親病』『神様たち』など。アンソロジーに『黒い結婚　白い結婚』がある。

わたしのいけない世界《せかい》

令和5年4月20日　初版第1刷発行

著者———森《もり》 美《み》樹《き》
発行者——辻 浩明
発行所——祥伝社《しょうでんしゃ》
〒101-8701 東京都千代田区神田神保町3-3
電話　03-3265-2081（販売）　03-3265-2080（編集）
03-3265-3622（業務）
印刷———堀内印刷
製本———積信堂

ISBN978-4-396-63642-5　C0093
祥伝社のホームページ・www.shodensha.co.jp

祥伝社

四六判文芸書

直木賞受賞作家による珠玉作!

さんかく

「おいしいね」を分け合える
そんな人に、出会ってしまった——
三角関係未満の揺れ動く女、男、女の物語。

千早　茜

祥伝社

四六判文芸書

突然の失踪。動機は不明。音信は不通。
消えてしまったあなたへ――

残された人が編む物語

桂 望実

足取りから見えてきた、失踪人たちの秘められた人生。
喪失を抱えて立ちすくむ人々が、あらたな一歩を踏み出す物語。

祥伝社

四六判文芸書

命を懸けて紡ぐ音楽は、聴くものを変える——
「この楽器が生まれたことに感謝しています」

風を彩る怪物

逸木　裕

二人の十九歳が〈パイプオルガン〉制作で様々な人と出会い、
自ら進む道を見つけていく音楽小説。

祥伝社

四六判文芸書

ボイルドエッグズ新人賞受賞、衝撃のミステリー

ドールハウスの惨劇

遠坂八重

高2の夏、僕らはとてつもない惨劇に遭う。
正義感の強い秀才×美麗の変人、
ふたりの高校生探偵が驚愕の事件に挑む！

祥伝社

四六判文芸書

非正規職の三十歳、キム・ジヘ。
ある出会いを機に社会へ〝小さな反撃〟を始める。

三十の反撃

ソン・ウォンピョン
矢島暁子 訳

2022年本屋大賞翻訳小説部門第1位！
すべての人に勇気をくれる韓国文学の傑作。

祥伝社

四六判文芸書

貴方のために綴る18の物語

『珈琲店タレーランの事件簿』の著者が、
新たなるミステリーの形に挑んだ野心作。

岡崎琢磨

一日一話ただ読むだけ。
世にも奇妙な仕事に隠された、思いもかけない意図とは⁉